U0058809

華志文化

H 華志文化

風有話要說：
一個東海岸新隱士的札記

其實風沒有話要說

周慶華
◎著

依所總綰，集分六卷：

卷一〈觸擊〉記閒情；

卷二〈夢中見〉捕祕辛；

卷三〈有情就發〉反避忌；

卷四〈說書〉解奧微；

卷五〈不是月旦〉搗異類；

卷六〈打帶跑〉長思路。

當中有少部分篇什稿成甚早，只因理致牽延至今，

所以一併收入，權為階段性累進績效。

書內容簡介

　　東北季風不斷地吹拂，隱士忍不住激動了，他要說風沒有要說的話，聊以排遣言語寂寞。集中有記閒情、捕秘辛、反避忌、解奧微、搞異類和長思路等多元文字紀錄在迴向風業。從此也無所謂風驚，也沒有不能說的隱情。

作者簡介

　　周慶華，文學博士，大學教職退休。出版有《追夜》、《飛越抒情帶》、《意象跟你去遨遊》、《酷品味：許一個有深度的哲學化人生》、《叫我們哲學第一班》、《走上學術這條不歸路》、《文化治療》、《靈異語言知多少》、《解脫的智慧》、《跟君子有約：在全球化風險中找出路》、《《莊子》一次看透》和《諸子臺北學》等七十多種。

序：其實風沒有話要說

從大學教職退休以來，泰半時間仍呆在東海岸跟文字世界搏鬥。僻域無甚趣事可述，只有東北季風年年在我蝸居地呼嘯，又時有強颱掠境，儘擔風驚。

在這種處遇不太安穩時刻，想要欲跡悠閒過活，始終是一大奢望。最後僅能如此自我定位：風吹隱士，隱士不甘言語寂寞，只好說風，兼拓阡陌。由於風業忒多，難以統括，又不捨全拋，就姑且揀選一些零縑碎羽充當。

依所總綰，集分六卷：卷一〈觸擊〉記閒情；卷二〈夢中見〉捕祕辛；卷三〈有情就發〉反避忌；卷四〈說書〉解奧微；卷五〈不是月旦〉搞異類；卷六〈打帶跑〉長思路。當中有少部分篇什稿成甚早，只因理致牽延至今，所以一併收入，權為階段性累績效。

先前我曾出版過一本童詩集，取名為《我沒有話要說》，朋友見了，直嚷：「你就是有話要說嘛！」他猜對了。我沒有話要說，就是我

有話要說（否則又何必出它）！現在再出版這本《風有話要說》，按例那自然是風沒有話要說，只不過主角換了風而已。

　　風沒有話要說，還是照樣吹個不停，我的許多話都被它同化而染上激昂且迴盪不已的色調。此刻我該想到，我和風已經合為一體，再也無法分開。而過去是我在說風，如今則是風在說我。角色互換後，風當然沒有話要說了，但我還有。

周慶華

目　次

卷一　觸擊

結算

　　讀書種子還沒有萌芽，我就躋身青澀年華的行列。

　　新啟的黌舍生涯，體驗普通多；接著入軍旅，見聞勉強可以塞滿一籮筐。

　　退伍後，返職場抱了一座講臺；受不了童兒躁動亂序，決定到安全的地方冒險。

　　繼續進修時看到不少投影，開始積累行走學術殿堂的本錢。

　　一直到好為人師終結篇從上庠退休後算清，平生最愛的還是這條如世道曲折卻無詭異危殆的著述創作路。

那張照片

年幼時，看過一張照片，那是我滿周歲母親帶往鎮上參加味全公司主辦健康兒比賽獲得首獎後留影的。

我被攝影師扒去衣服裸體坐在小籐椅上，兩眼迷惘的望著前方，嘴角似乎還有幾許想抗辯的模樣。

看著那張照片，我並沒什麼特別感覺，只對當時就懂得用雙手遮住私處印象深刻，彷彿不願被冒犯尊嚴這件事早就定型了。

往後要間隔許多年，才有機會再次拍照，但那已引不起我多大的興致，經常將照片收進箱篋後就沒想要取出來重溫前情，以致等它們自動退色漫漶就全當了垃圾丟棄。如今留在腦海裏稍有輪廓可以回溯的，仍然是那張被按在椅子上拍攝的光身照片。

只不過那張照片已經不存在了。十一歲隨父母遷居城鎮，一只舊皮箱來不及攜出，被住在老家的嬸嬸嫌礙著而清掉了，那裏面有母親

存放的紀念物和我那張照片。從此我開始掛念一個童稚臉龐的去處，也不時想要時光倒流找尋我不克在生命中註冊的另一些記憶。

但往事畢竟有太多灰濛淡白去了，它們是否曾經駐留過我不知道，只曉得給我補足的部分都是聽來的。例如我小時上街，每見一物喜歡，大人不買給我，就死不罷休；夜間不安眠，總要母親揹著翻山越嶺去請人收驚；妹妹哺乳期間，我玩累了就進房去跟她搶母奶吃，這些都是母親告訴我的。還有鄰居王伯伯家的火雞在跳盪互啄，我隨口直呼對方的名字說：「明仔，明仔，恁兜的夥計佇相趴！」王伯母學我的怪腔調把一件小趣聞說了無數遍，讓我一度懷疑真的記得這檔事。

日子流逝比翻一張照片還快速，所經歷事能夠沈澱全是歲月篩剩的，說它沒來由卻又隱祕藏著。這無從進去破譯，也難以牽延到未來開心，不如就把它和水吞服，了無痕跡。

就像我對那張照片的恍如隔世感覺，一旦私自想起裏頭可能有過攝影師乘機摸我屁股或

6
風有話要說

捏我臉頰的厭噁畫面在遙相對應著，我就得放
掉一切的惦記。最後還希望存活的，就僅僅是
那修剪過的黑白影像不會回來從新求我給個評
論意見了。

迴力鏢

童年期雖然不長，回憶卻最多。多到生命節奏不時要彈跳回去，拒絕出來。

我曾計畫從一張照片寫起，將少時所經歷過驚見父親自災變礦坑爬出來流的一灘血，以及離開採煤場前後因窮困跟家人四處奔波討生活的窘況敘說一遍，但時間一天天老去，我的筆卻遲疑了。

回到石城家鄉後，去大里分班入學，小四時返大溪總校繼續唸書。原以為會有什麼新鮮事發生，結果只到我家門前那條碎石路就停止搬演其他的劇情。

縱是如此，我仍然玩遍了整個童年：夥伴在路上打陀螺玩紙牌，到海邊釣魚游泳撿貝殼拔海菜，躺在沙灘上看夕陽只有一腳指寬；偶爾上山當揹工，摘野果跑單幫，所有彆扭不快的事全留在學校，避免它走光。

學校只讓我想起當了窩囊班長，被高班的無賴霸凌，遭到校長牽怒轟了一巴掌，繳不起

學雜費挨罰賠掉兩膝蓋的尊嚴。

　　我是很想顛一次天敘它個沒完沒了的，只因老去的時間不准。最後僅僅留存半紙保單，那上面紀錄著：為了一張已經不在世上的照片，我心黏著畫面，始終在歲月的年輪上攀爬，想要找尋出路；從此記憶像一棵小樹，不斷地長大探向天空。

小小心路歷程

　　基本上，人幾乎都是在遊蕩中存續，找不
到起點，也無所謂終點。論及家或家鄉，那也
不過是個驛站，終究得覓路再行邁開腳步。

　　長年來我就是這麼活著。每到一個地方，
把自己當成軸心，快速吸納周邊的資訊來產製
新說，然後將它輻射出去，從此便不再留戀，
也無暇計較成效。

　　這種生命形態，酷似動了的轉輪，沒有什
麼止於所當止那一套規矩。如果說要有點遺憾
跟隨才像個尋常活物，那麼大概就是我還沒想
過要怎麼騰出空間去容納任何會造成誤失的作
為。

閒憶

　　當年師專畢業前，在羅東國小三週實習結束。有人不忍離別愁緒傷懷，沒來相送；而勉強來相送的，不是眼眶泛紅，就是淚流滿面，令人見了滿心悽楚！

　　闊別數十年後再聚首，不知彼此是否還有綁緊的感覺。

　　就在一次參加他們的同學會中驗證了我的猜想：新奇感仍在，而依依不捨的情緒則全然鬆掉了。

四段變速

　　＊愛情，就像蛋糕上的奶油，望著好看，卻難以防止震動碎散；屆時想撿拾，都嫌會倒盡胃口。

　　＊每個人的文章都有刺；只是有的刺尖，有的刺鈍。刺尖的，輕輕碰一下別人就會流血；刺鈍的，用力扎已經烏青半塊了，還不見血。

　　＊文學史著是所有文學論述中最乏味的，煮了一鍋渾雜的菜，讓人看了食欲全無！

　　＊以批評別人來顯示自己的才氣，本身已經缺乏才氣，因為才氣是用來創新領航，不會像是老躲在後面踹別人屁股。

輕發現

　　人都是來市廛尋找寂寞，去荒野等待喧囂，然後一切歸零。

　　終於懂了，生活是一篇虛胖的散文。

　　不滿足，做愛和嚮往更多的做愛，是寫詩的最大動力。

　　正名，中國不是指中華人民共和國，也不是指中華民國，而是指「中央之國」，這是歷代很常見的國人對自我所屬國度的稱呼。

　　後面這一段貼在這裏，很煞風景！

緣了

她來了，進入我的文字世界，催促情采，勢猛難遏。

後來我也踏上她的習寫方舟，在海中搖晃，沒得靠岸。

最後風至，各奔西東。

看著時間老去

記憶在碎裂，禮物是欲望的流動，死亡給出大地最豐碩的祕密。

然後大家都到安全的地方冒險，品賞美腿大蘿蔔，看著它們漸行漸遠漸無光。

寫詩這行業不算行業，胡思亂想一通後，歷史就到了終點。

續聯語

舊作《微雕人文——歷世與渡化未來的旅程》中有一卷對聯，或題景物，或嵌字書贈友朋。二者略有續作，來不及收入，今一併補錄於此：

政揚杏壇匡世眼
珍綴文苑煥詩心
　　賀友人簡政珍兄大學教授退休

振翮域外窺故祕
念業鄉關造新聲
　　賀友人蔡振念兄大學教授退休

劍莫念少英雄氣
峯還存多霹靂光
　　賀省北師專同窗胡劍峯兄高中校長榮退

國希才識美桃市

祥伴教卓光杏壇
　　賀省北師專同窗江國祥兄高中主任榮退

林外高朋來滿座
煌中儷影映周邊
　　賀省北師專同窗林煌兄主辦同學會於木柵貓
　　空四哥的店滿喜

永奔最想耽逸樂
昌馳還須問歸途
　　賀省北師專同窗陳永昌兄主辦同學會於中壢
　　新陶芳會館滿喜

振奮極兮居勝地
豐抽滿也謝奇天
　　賀省北師專同窗丁振豐兄主辦同學會於大溪
　　溪房子手作坊滿喜

瓊即名美才聖教
玲更質佳又觀音

贈東大語教所畢業夥伴許瓊玲

紹述陳文堆遠路
恩全弱勢雅今身
　　贈東大語教所畢業夥伴黃紹恩

秋脂佳釀千客醉
董蕊美開萬枝香
　　贈東大語教所畢業夥伴何秋董

心清忍堪世情老
銘刻還做文字功
　　贈東大語教所畢業夥伴李心銘

麗日萬丹還彩照
琴聲悠響復低昂
　　贈東大語教所畢業夥伴李麗琴

怡然巧藝掀杳渺
沁最宜人數光鮮

贈東大語教所畢業夥伴林怡沁

利巳山阿聽氣勢
吉兮舍宇看聲威
　　題臺東富山國小利吉分校

眾鳥與雲影騰飛
三蔬連碧山倩映
　　題友人杜清晢、何秋菫伉儷所經營有機果菜
　　園。按：他們的園圃疏落有致，雖然雜草狂竄，
　　卻也極顯生意盎然；姑仿王勃〈滕王閣序〉「落
　　霞與孤鶩齊飛，秋水共長天一色」作此閒語二
　　句。

偶爾想及

自度迄今知我學底者少。

乃因我的書體系龐大，理路曲折，罕有人能窺知；而口頭講說本可淺白一點，但聆者又多沒耐心聽完。

以致兩端懸空，不名到底！

小剖白

我寫詩歷經三階段：第一階段，因為動感，所以有詩；第二階段，因為野蠻，所以有詩；第三階段，因為至美，所以有詩。

這已在我學術傳記《走上學術這條不歸路》和序詩選集《重組東海岸》等述志時註記過。

如今再紬出重表，無非是要藉以明示寫詩一事實有不能已於我內布深久的情網，僅此其餘就無以強為言宣了。

自我解嘲一下

別人是根據文獻講學問（歸結文獻要略）。

我則是根據學問講文獻（以理論架構從新理解文獻），且出以純淨語體文而力避文白夾雜及生硬語法。

奈何讀者少有解會，不時以天書看覷！

哀鵬厄

東北季風吹來，卑南大川靜靜地流淌向海，水田圈起一年的希望。

輕發現，森林滾動著黃沙。對面有燒過的島嶼。幾座湖帶著憂鬱，在顫動的季節裏串聯想飛，天空不准。

橋上方，大鵬定時凌空掠過，爆出激切的碎裂聲。兩相結合覷著，並不太美好。隔段時間，就有一架失事墜海。健兒來不及逃生的，英靈全都追逐滄浪而去。每思及此，心就翻攪傷慟不已！

那是強權脅迫我們購買的，又儘賣出他們已經淘汰的舊機種。沒得選擇，健兒只能賭運氣。魂飛的那天，有誰知道他們不是不想身殉沙場，而是早就註定要冤死在帝國的陰謀裏。

給民主降半旗

　　當今社會制度，有美國式制衡民主（英國／日本相近），中國大陸式集中民主，新加坡式威權民主，北歐國家式充分民主。不論那一種情況，都有問題。

　　至於臺灣，則全不像，也沒有可形容的用詞。唯一能確定的是，想學美國不成，反被某黨玩成草寇民主：選贏了，就大吃大喝，坐地分贓，無視於他人的存在；選輸了，照樣聚嘯山林，動輒出草突擊，讓贏家不得安寧。

　　該黨儘暗仿共產黨，靠製造仇恨起家，除了極力誣衊詆譭對手而誤導民眾加深仇視，還多方藉故引發世代嫌隙族羣對峙，連帶影響到親子關係崩解家族紐帶斷裂，而它從中得利（至如假轉型正義為名清算另一黨，更坐實它的唯鬥是好）！

　　2020 年大選前一天，我就聽到一位朋友的太太，跟待業在家的女兒言辭交駁：「你再不聽話，我以後不留給你一毛錢，全部捐出去！

」因為她女兒執意要投該黨候選人。還有她的
姊妹們也不同調,她苦勸無效,灰心到極點,
正在考慮是否要中斷每年的春節團聚。

　　類似這種例子,不知道還有多少。該黨帶
壞風氣,莫此為甚!

狂想曲

男人跟女人交媾，吐出精子，被陰道吞滅。

僅剩一隻精子游進子宮，去找卵子密會；卵子把它融化，變成自己的養分，然後開始孕育生命。

外面有他靈在等待，興奮中夾雜著嗚咽聲。

等待變奏

男女結合，多半是憑著一股難以遏抑的衝動，生物性本能強過文化性計議。但當生物性本能日漸衰退後，那久遭壓抑的文化性計議卻早已如死水一灘，再也起不了原想為婚姻規畫點什麼的作用，最後只得被另一種社會性情緒所佔滿。

比如說，小孩出生後，管教逐漸成為一個難題，做太太的每每要對小孩的無理吵鬧大發雷霆；猶有不足，就會再吼向丈夫：「**都是你的爛種！**」這句話顯然有語病，未必是種不好，也可能是土壤不夠肥沃。但做丈夫的此刻卻不便回說「**你的地貧脊也得負一半責任**」，只好一邊忍受對方的咆哮一邊避開去，在陰暗的房間自己慢慢撫平一顆受傷的心。

等小孩長大後，牛脾氣越發明顯，開始會頂嘴使性子，而做太太的仍不忘那是她生的，定要干涉到底，兩造的衝突經常一觸即發。這時再將子彈射向丈夫，恐怕不會引發什麼同情

共感，因為爛種都已經爛定了。所以她乾脆採用一種眼不見為淨的策略，企圖將丈夫小孩掃地出門：「你們都滾蛋，家我一個人住！」做丈夫的被掃到颱風尾，辯解已是多餘，只好一個人默默地出門走入夕陽餘暉中。

　　結局是那個人撿到我。旁邊不必來掌聲，孤獨會相送。

想顛一次天

記憶像個頑皮小孩，冷不防會出現給你扮鬼臉，或者用草梗戳你鼻孔讓你打盹不成，相當礙眼擾心；只好把它喝退或鞭它幾下屁股，想要的清靜才能如數回到身邊。

此中使你不斷去回顧過往事物的催化劑，當是擺在眼前的欲望無窮盡的緣故。該欲望總是以軟土深掘姿態誘使你對它著魔，直到你全然沒了知覺為止。這個過程，因為有動感和抑制循環不去，所以清淨也就成了奢想。

這樣記憶便無可逃避，保存它自然有一定的生命重量。常人為了保存記憶，發展出了多種有效的方式，包括拍照／錄音／圖繪／敘寫等。但經我深入體證的結果，採用上述這些方式不是為了保存記憶，而是試圖把記憶趕出心中，以致才要不停地從事此一幾近顛天的事。

顛天是緣於不滿命定。而不滿命定，自然會出以費解的語言。好比反向自設：時間不曾老去，我也不曾老去，只有熱情老去。老去的

熱情必須靠顛天的衝動來挽回；每顛一次天，
生命的欲力就會重燃一遍。

　　於是想顛一次天，乃每一次第著述的進行
式，不到終了不會歇息。

盤定

驅遣文字，讓它走路，讓它跳舞，讓它跑步，是我生命中唯一的樂趣。

早期偶爾遇到障礙行不了的時候，會苦思，會怨嘆，會纏綿夢境；但最後還是想辦法把它送出去，完成應該完成的儀式，即使那姿態蠢拙了點。

發現文字可以辦大事，參與匡世偉業，人已到了中年。少時的激情不再，戀著舊山河的歲月也如期遠杳，全心只張目向前看，不經意擡頭瞧見天邊出現一道迷人的彩虹。

跨入老年邊境，震懾於文字靈感四方。我得從新精算它遲緩輻射的魅力，在日月輪替的熬煎律動中作抉擇。本來就沒想過要進退有節，如今天門大開更恣肆隨我了。

決定不管後果是否還得心懸霄壤，我只認孟郊詩「如何不自閒？心與身為仇」也已是自己此生的寫照，沒得逃避，也毋須感慨，就揹起文字包袱繼續輪轉不停的平地冒險吧！

巻二　夢中見

另一世界

夢無好夢。
糾纏夜裏的多凶，絆在日間的多險。
偶有靈來，便成奇詭。

魘

魘，從鬼厭聲兼義。諒必造此字的人也有
被鬼壓牀的經驗，才會想到為該事留點紀錄。

我自己被魘的次數雖然不多，但所遭遇的
感覺卻都慘況非常，亟欲把那些愛捉弄人的冒
失鬼抓來痛扁一番！

每次被魘時，依稀意識旁邊有魔手，卻又
偏偏看不見任何異形。我只掙扎而不呼喊，希
望對方會知難而退。這招果然有效，祂們在察
覺我並不畏懼受迫後便鬆手。醒來，我的睡姿
，有時側臥，有時歪睡，有時正躺手置胸膛。

後者被唯物論者強定為夢魘的原因。那前
二者？顯然不是那麼一回事，別輕易否定鬼來
壓牀這個可能性，那裏頭或許還有怨怒情緒在
起作用。

不解的是，我自信今生有無意中得罪過人
，但還不致會虧欠誰。祂們如果要報前世的冤
仇，那麼它已經不是我還得了的，剩下的就是
「冤有頭，債有主」，祂們找錯人啦！

佛門不清空

十幾年前，夤緣際會跟某僧團一位老闍黎有多次的接觸。那時他已痼疾纏身，而後漸漸不良於行。

年輕時魅力夠，弟子服他管；如今老邁多病，反過來他被弟子管。情移勢易，心內積多麻渣難堪亂緒，不時流露於私下言談中。

有一次，於夢裏相遇。我們隨許多人在山路行走，他說徒弟都不理他，沒人扈從。我看他病得很重，爬不上去，就揹了他一段。又有一次夢見，我邀他逛夜市，他欣然允諾，但需要戴一頂帽子掩飾身分。沒想到才出門不久，就被他的徒弟攔住，對方以好似逮到小偷的口吻說：「**別以為化妝，我就認不出你來了！**」這讓我醒後笑到差點岔了氣。

後來還有數次夢中相逢，大多看他一人放浪表演絕活或縱論古今，全程沒有一絲平時在媒體上所見那般道貌岸然。但基於對他的了解，這些都不是我該為他欣喜的，僅以一首小詩

希望他「來世別再輕許收徒／給愛也是」；否
則我們只能進入夢境，才找得開心機會。

俠來俠去

　　俠客夢，我也沾了不少。

　　只不過每次在激烈拚鬥後，都是我敗北遁逃居多。有時追兵甚急，我還得邊閃邊戰，經常打退一個，又來更多個，不勝應付！

　　有次我獨自待在一間宮殿式建築裏，忽然遇到一羣武士從門外殺進來，我鎮定的趁隙飛出去，前面是山谷。登時我就像影片《臥虎藏龍》尾幕裏的女主角縱身飛離武當山，然後消失在一片煙霧中。

　　清醒後，我回想整個夢境，惘然久久。

親人來相會

　　我父母先後逝世了，卻還常在我夢裏出現。

　　我父親的形象依然瘦削體弱，會講點話，大多不關緊要。

　　我母親看來已無病痛，只是不再像生前那樣善於言語。給她撿骨奉厝前夕，多次夢見她。她仍舊沒開口，僅帶我看她的住處，大抵在暗示是時候了。

　　果然如所猜測，她在等待有個圓滿的結尾，一如當年她給我父親善後那樣。

　　事實上，我們早就選定日子，全都作了安排，毋須她來操心。

　　此後，遵照習俗辦理，一切就緒，她也跟著淡出我的夢中了。

事出有因

　　回顧從年少以來所做的夢，紛雜難理，但
還略有點階段差異的跡象。如較小時常夢到懷
抱巨石自吊橋滾落；稍長外出求學反多夢見徒
手在空中飛翔；後來躋進學術界所夢的一改變
成跟他人搏鬥或被仇家追殺，即使還能騰空也
是倉皇躲避，過程都極為驚險緊張。

　　如今從教職退下來，以為可以閒逸一陣子
了，卻沒想到夢境更加零碎紛亂，全然不是白
晝所能複製想像。偶有反芻，重複出現的盡是
一些急切性的畫面，如夢中和論學朋友激辯後
看著他拂袖而去；批評同事主持系務徇私夜夢
他摔掉我送他的一本書；日夢跟我退休前夕系
所整併案中蠻道的主管狠打了一架⋯⋯這些有
時還會以變形的方式進駐，擾我安眠。

　　經驗中，夢境除了異常奇詭，它的富於變
化，也遠非現實生活所能比擬，可說場域要多
寬廣就有多寬廣。在那裏面縱有補償或慰藉，
但更多的是失去、驚恐和疑惑，只不過都無從

理解背後的因由。也許要當它是世世未了冤債
的延續吧！

綺夢也蕭索

好夢難得，綺夢尤多曲折。

有位心儀而無緣的女子，一次於夢中相見。我托著她嬌小的身軀走山路（她下半身全裸），不知何意。忽地走入墳墓邊的棘叢，因無法前進而作罷醒來。這似乎在預告終局，別奢想還會有什麼進展。

此外，偶有交歡能起悸動情景的，除了對象大多非所素識，還常在高點前倏醒，徒留悵嘆於夢中。本來這是最可以完整綺夢豔福經驗的，卻從無來龍去脈可尋，也不盡知此中奇異的滋味。

比較特別的一次是，我在一場文學演講結束後返家午寐，夢見一名半裸的女子躺在我懷裏，旁邊坐著另一名女子，她全裸，吃醋的別過臉去，偶爾使氣回轉來猛拍我懷中女子的腹部，我都加以保護，不讓她連續施虐。接著我撫慰眼前女子的上半身後，把手伸進她的下體，她說了句「敏感帶不在那裏」，然後就任由她

抓著我的手去碰觸她的敏感帶。摸索了一陣，覺得無比的舒暢，醒來稍前的疲累竟然都消除了。

這我已安置於小說集《灑來灑去——觀念小小說》一篇後設小說的尾端，稍微可見兩相稱意。

卷三　有情就發

呲學林

　　臺灣高等學府序齒，上焉者酸腐味濃重，學者普遍喜愛矯揉造作，罕見大家氣派。

　　下焉者則不辨甲乙，出身自此的人大多面目模糊，無甚可稱述。

　　偶有個別秀異者，全因自己發憤向上（不染任何風氣），終成苑囿奇葩！

知識分子

　　一等，創設或生產知識的人，如哲學家、科學家、文學家和藝術家等；二等，繼承或傳播知識的人，如教師、演員、編纂者和出版人等；三等，駕馭或運用知識的人，如官僚、法務人員、軍人、警察、消防員、企業主和行會負責人等。坊間書籍諸如希爾斯《知識分子與當權者》、艾朗《知識分子的鴉片》、波斯納《公共知識分子》和富里迪《知識分子都到那裏去了》等，於此多語焉不詳，難可依循，遠不如我這一界定簡要能辨（上述知識分子三等觀，已嵌入《諸子臺北學》新書中）。

專利

　　宋人筆記載太祖趙匡胤過一城門，見上書
「某某之門」，不解，便問隨從何必加個「之」
字？對方答：「那是語助詞。」。趙匡胤嘆道：
「這些『之乎也者』又助得了什麼事呀！」

　　今按：（一）該「之」字，非助詞，乃介詞
（詞性辨）；（二）如落實為「某某門」，實為
省詞，只有「某某之門」才語意俱足（文法分析
）；（三）語意不同，假定「某某門」為「城東
門」，則城東門有「城」東門／「城東」門／「
城東門」三意，容易混淆；而「城東之門」（「
某某之門」）僅備一義，不勞猜測（語意分析）
；（四）「某某門」語氣急促，令人緊張；「某
某之門」語氣緩和，使人舒坦（聽者心理）；（
五）「某某門」可屬白話或文言，任何人都可說
；「某某之門」單屬文言，只有文人可說，能顯
學問高雅（說者心理）；（六）「某某之門」，
乃政治賦給文人的命名特權（社會因素）；（七
）「某某之門」語氣如和風輕拂，為氣化觀所體

現（文化因素）。

　　顯然一字之差，實非簡單，不可小覷。

看多了

　　國人評點近代國學大師，多舉梁啟超、章太炎、王國維、胡適、陳寅恪、馮友蘭、錢穆和季羨林諸人充當。但有一人卻說他們都不夠看；要說大師得等一人出世。那個人就是○○○（可以填上你我他）。

大觀空化

※語藝的作用在於區別學科：（一）邏輯（如哲學／科學／心理學／社會學等）；（二）修辭（如文學／宗教／歷史學等）。

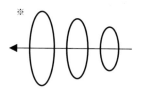

上圖中，橫線為生命時間（直線）；小中大圓圈分別為日月年時間（循環）。日月年時間磁場強過生命時間磁場，使得生命時間緩慢下來，以至於停止。

※語言（文字）是在心理／社會／文化等機制促動下產出的，它容或會一併受到語言系譜的制約（如結構語言學所說的），但要全然將它歸諸語言系譜的作用，那就太低估了心理／社會／文化等機制的功能！

三思堂

※道德：非他律，也非自律，而是共律。

※真相：一般政治人物只想享盡尊榮，不要政治太過清明（以免無法混水摸魚），也無心多造福百姓（否則會太過勞累自己）。孔子正好相反，所以容易遭嫉被排擠而無所建樹。

※比較：海德格說人是在時間中存在；又說人是向死的存有，這都不自覺。周某反思過後，斷定人是在逆時間中存在／人是拒死的存有，此乃全然自覺，毋須再躲躲藏藏。

簡化論述

　　人間社會乃稟靈特異人士，據某些理念前提而規模的共同營生體制，把腦袋空空質朴無文的人找來學校修補靈魂，而將精力過剩破壞秩序的人關進監獄馴服教化。

　　待那些被修補靈魂有成或馴服教化有效的人出來後，加以延攬充實體制的功能，並試為予以區別士農工商級次，各安其位，社會因此而能順利運作。

　　倘若當中有一些環節出問題（如不肖者佔位濫權使壞或相關措施都亂了套），那麼它就會危及社會的穩定安全度；或者如果有外力強為介入擾亂（如西方人狂悖興作奇詭異行四處羼和），那麼它不造成集體毀敗覆滅的下場也難！

解脫例

貴物，買會痛心，不買會遺憾。

不起心動念，則稍可排解（此為消極解脫）；買而讓遺憾消除，然後再去賺錢填補原先的花費，便不再痛心（此為積極解脫）。

此理至明，毋須絮叨不休。

短打二著

　※爭奪權力→擁有權力→濫用權力→失去權力，凡是在小人堆的，無不受此四部魔曲的誘引折磨（商鞅／李斯／章惇等皆然）！
　※聖王／仁君／霸主／獨夫／僭位（昏君），統治者只能在此匡列中擇一，沒得逃避。

覷清楚

擇偶是一個相互試探彼此條件可以合謀的歷程。

這些條件，包括個性是否相契／身體是否健康／財力是否充足／家庭背景是否牴觸／未來是否有望／離婚期是否夠長等。

結果所選擇的，多半非所望。

政治人物的語言

臺灣已經政黨輪替，但內政外交依然疲軟困頓不已。頂上天空始終有霧霾漫布，誰想看一眼它的清朗容顏，都會嫌奢望過度。

當中特別不堪的是一些政治人物的言說，很容易讓人聯想那除了忘形在展露權力的傲慢，此外就不知道他們還能端出甚麼智慧謀略。

像新春賀辭用一句不知所云的「自自冉冉」；形容國軍整備是「戰戰兢兢」；有記者面陳一例一休對勞工很不利，反叫他們有問題要去找老闆，還順勢推說「政府是公親，怎麼變成事主」；物價正在飛漲，卻氣定神閒的告訴大家「漲價是必然的」；調侃因故離開某職的前朝人物有「被迫害妄想症」；維護農委會主委讓三名女秘書入住官舍代辯那是「合法的」。諸如此類，實在教人想不透這究竟是有意串通好強裝幽默，還是無意在作低能競賽，怎麼聽都是異常的逆耳撓心。

古人早有明訓「一言興邦，一言喪邦」，要

政治人物謹慎言語；而孔子也警惕過人「**不學詩，無以言**」，尤其是外交官不懂得引詩委婉以明志，很快就會被看破手腳而難以達成使命。同樣的，西方從古希臘時代開始，也經常把修辭術列為人生重要的功課，不論是法庭辯論還是議會督政或是政治演說，當事人都得先熟悉修辭技巧才能勝任。反觀今天的臺灣政壇，似乎都不把「說妥適的話」當一回事，動輒要人忍受「頭頂有烏鴉飛過」而驚出一身冷汗，相去不啻千里！

　　其實，政治人物最要被期待的是能說出「精采且可以傳世」的話，一來為了振奮人心；二來還有希望新塑格調，管領一代風騷。而凡是無力表現這種能耐卻又要胡亂指點江山的人，相關言語失去領導作用，就會成為自我政治生命的最大考驗。結局很可能是部屬暗中對你虛有其表予以無止盡的嘲諷，以及民眾對你邊看笑話邊焦灼所託非人！此外，國家能否受到你高明有效的治理，那就更令人懷疑了。

人生三難

一有生／老／病／死的苦痛。
二有學業／事業／志業的掙扎。
三有愛情／教養／名利／成就的焦慮。
活著像是繞定一個大窟窿跳舞，隨時都在
駭怕失足陷落！

後修辭

　　就廣義來說，選擇辭彙構成語句，以表達思想情感或跟人溝通，都可以稱作修辭，大家可能會認為這是人的本能，沒有什麼問題存在。但事實又如何？不只我們常感覺挖空心思仍不足以達意，而跟人溝通不良；我們也常感覺已經達意仍引起他人誤會，甚至爆發衝突。難道這不是問題嗎？顯然修辭不如我們所想像的容易，這裏面有些癥結必須澄清。

　　首先，語言是一種抽象的符號，無法表達事物豐富的狀態，以及人內在深刻的情意（後者我們聽過《莊子・天道》所載輪扁喻斤的故事，所謂「*得之於手而應於心，口不能言，有數存焉*」，就是指這種情況。前者只要運用辭彙來指稱事物，就會略去該事物內部正在進行的對應，可以作為我們理解現實世界的基礎，但大部分的語言並沒有特定對象可以指涉，只有一羣意符相互牽連，以致毫無指意（意指）可言（如表性質的「堅決」，只能跟「堅定」、「

堅毅」、「剛強牢固」等辭彙（意符）相互指涉
，實際上並沒有「堅決」這種性質存在。又如表
事態的「無政府狀態」，只能跟「沒有法律制度
」、「完全自由平等」、「散漫紛亂」等辭彙相
互指涉，實際上並沒有「無政府狀態」這種事
態存在），而使語言失去它的指涉功能（原為
人所假定），這是語言本身的第二層限制。由
於語言有這兩種先天的限制，必然造成表達思
想情感上的不完全，以及跟人溝通上的重重阻
隔。

　　向來有所謂「言不盡意」的說法，就是在談
語言的第一層限制。不論是直敘心中的思想情
感，還是假借外在事物隱喻深層的情意，都不
能表達完整（且以「痛」和「恨」兩種感覺為例
，每當人發生「痛」和「恨」這兩種感覺時，必
有程度上的差別，但只能用「痛」和「恨」兩字
來概括，實際的「痛感」和「恨意」都無法傳達
）。如果要藉語言來跟人溝通，這種不明它的
確指，就會形成一種障礙。而當代解構主義所
說的「語言只有一連串的延異」，就是在談語

言的第二層限制。凡是先前和大家所認定的語言（意符）都有固定的指涉（意指），或使用語言的人都能確立他的意圖，這也是天大的誤會。因此，當我們想藉語言來傳遞訊息，而又不能看清這種「延異性」，難免會出現相互對立或抗爭的局面。今天大家所看見或親身體驗的爭吵和衝突，有那幾次不是緣於彼此缺乏這種語言上的認知？為了減少（消弭）彼此的對立衝突，從新檢討修辭的策略，應該是唯一可行的途徑。

　　正如上面所說的，語言有不能盡意和缺少指涉等限制，而這種限制就是語言使用者的致命傷。此外，如果語言使用者有意無意規避「語法」的約束，或使用高度抽象的語辭而造成「語意」的更難捉摸，或不知明喻暗示「語用」情境而失去可資進一步理解的憑藉，也會增添溝通的困難（任何表達思想情感的行為，基本上都預設了可與溝通的對象。因此，除了當面的直接溝通，其他的表達也都有隔空或隔代間接溝通的企圖。而可以想見後面這種溝通方式

，將更加困難，因為它沒有表情姿態可以幫助
「達意」）。所以在無法突破語言本身兩層限
制的情況下，只有求不錯亂可供理解基礎的常
用語法，不選擇過於含混或歧義的語辭，不模
糊或省略應有的發言情境，使每一次修辭都具
有「相互主觀性」（基於彼此相近或相似的經
驗而來），勉強達成溝通交流的目的。這一相
互主觀性，也就是修辭所以可能的依據。

　　至於文學上的修辭（狹義的修辭），為了「
反熟悉化」而增強美感效果，常有逸出語法規
則（如倒裝）、脫略隱藏語意（如比喻／象徵）
和偽傳假造情境等現象，那只是要求更高層次
的相互主觀性，並沒有違背修辭的原則。

不蕪

　　遠在中部的老友林淑貞教授，贈我兩本她
的大作《寂寞如歌》《等你，在燈火闌珊處》。
拜讀後，才知她公私兩忙，已到不可開交地步
。

　　我於新書《諸子臺北學》題贈時，聊撰二聯
以誌感：

　　　全學半官生涯有驚無險
　　　慢支興采歲月無惴有芳

　　　惟知述作存多意
　　　但恐夷齊問幾章

前聯在心疼她；後聯在回應她書中也提到我。
另引北宋文同〈夜學〉詩「文字一牀燈一盞，只
應前世是深仇」以博一笑，尾端並綴以自發「
諒必寫作亦然」一語。

　　這也可以算是文人的一種互動方式，我有

64
風有話要說

點訝然。

新希願

　　好友簡光明教授性耽老莊，踐履逾恆。他
教執上庠，每兼一次行政工作，莫不將他的長
才發揮到極致，締造佳績無數。

　　我常問他，所寫的學術論文已堆疊如山，
何時集結出版幾本到市面流通。他總是答以「
不急」，臉色依舊淡然謙和。

　　先前曾以一聯謝他幫我的詩集寫序兼述及
此事：

　　　光文錯落聽散置
　　　明譽翻騰恨全來

如今要再發願南華真經殿堂裏著實給他留一席
嫡傳至真。

沈醉東風

朋輩中擅長古體詩詞創作的，莫過於王萬象教授。

他的《萬象詩詞稿》一出，不知羨煞多少人並為他喝采！

其實，他年輕時也寫過一些語體新詩，同樣是精鍊抒式，如酒中陳釀，能醉人：

> 誰能鑄玉為雪且化雪為煙
> 蝴蝶杜鵑怕亦是愛情的變貌
> 終歸像一株株無言的徒然草

耽美如此，誠然允為古今詩詞天地的一大守護人。

跟著她的詩走

　　裴回過臺南鹽水一直排窯燒波浪牆的臺灣
詩路，也逡巡過高雄美濃鍾理和紀念館綿延兩
里長的文學步道（嵌石詩作居多），總不及閱
讀同事董恕明教授詩集《紀念品》／《纏來纏
去》所給人詩一路曲延觸處風景的驚喜感覺。

　　　　隨風而來，那溫婉的詩人如畫的
　　　　手，遇見了春，卻留不住鳶尾花
　　　　像牆翻不過的童年，童年翻不過
　　　　青春，青春翻不過遠山，遠山停
　　　　在一顆石上，石上發著嫩嫩的芽
　　　　。一道謎曲折蜿蜒的跑著……

這是她的詩自己在上演路途彎折不凡的戲碼，
讀者的心情想必也會隨它迤邐而去。

典讀

　　同事簡齊儒教授自道：「喜歡把自己軟成一首詩。」

　　此語柔美中帶穿透力，讀者會有被她的情感滲入溫慰感覺。而認識她的男性，大概沒有一個不想把那首詩抱起來。

　　晚近她也開始量產詩，情思飽飫兼燦若披錦，跟她的論著《民間風景：臺灣傳說故事的地方敘述》一樣，讀來如飲醇醪，欲罷不能！

美樂饗宴再度啟動

聽覺的享受，從一粒樂音的彈跳開始。

或者隨著它奔赴田野，或者遙想著它流淌過河川，或者渥著它穿梭在園囿衢道，總有不能自已的感動和莫名的耽戀！而這則有賴可以跟造化同功的演奏家，予人圓成且無窮盡的滿足。

「勝兼鍵盤掄高手，芳滿羣苑郁杏壇」，且看樂界才女盛勝芳教授又有大氣派演出。她已把樂迷挑染輕鬆播種到歐美大陸，如今又在自我國度藉大鍵琴揚聲，重現巴羅克盛樂的風采，一次給夠巴赫組曲和斯卡拉第奏鳴曲的美感佳釀，形同是亟欲再拍響此地的跟風。

真要為這能成串一飽我們耳福的演奏，衷心的大聲喝采（《樂夢相隨：盛勝芳大鍵琴獨奏會》序）！

新一代出版人

揚智老闆葉忠賢，因孟樊的引介而認識他時，他已在出版界闖出了名號，人又很隨和。我偶爾去找他，不管他手邊有多忙，都會停下來為我泡壺茶。然後我喝茶，他抽菸，天南地北的聊起來。

他是跑業務出身的，很清楚那些書有賣相那些書沒有賣相。剛開始，我還貿然為自己的書預測可能的銷路，他都笑笑沒表示什麼。直到彼此比較熟了，他才說：

「那種書叫好不叫座，那種書叫好又叫座，我一看書名就知道！」

哈，他一語就把我點破了！我送請他出版的書，自然是屬於叫好不叫座那一邊的；只不過他人夠厚道，沒當面讓我難堪！從此我就將那類只適合在別處說的話收起來，轉而跟他學習出版實戰的功課。

數一數，有幾件事我的印象還很深刻。第一，他說他是靠兩千元起家的。那兩千元不是

用來支付房租或水電一類的開銷，而是用來請
朋友吃飯，從中籌到了兩百萬元。但那兩百萬
元，一眨眼就燒光了，他只好再花兩千元請另
一批朋友吃飯。這次投資人出的錢多了，終於
把出版社辦起來，而逐漸在圓他要「**揚厲中華
文化、智開人類心田，提升學術水準、服務社
會人羣，永續經營發展、邁向國際目標**」的夢
想。

　　第二，他的出版事業版圖宏闊，雖然所擇
項以教科書和學術書為主，但書系的規畫卻橫
跨心理學、社會學、社會工作、觀光、餐旅、商
學、工業、文化研究、文學、哲學、政治、教育、
音樂和劇場等十數個領域；同時出版社也兼經
銷商，代理多家的圖書行銷。因此，他手下的
員工就有各類型的人。有一次，他跟我提及他
樂意出錢讓員工去進修，等他們結訓回來工作
效率會更高。如果有意外？

　　「即使有人要跳槽高就去也無妨，」他一
邊撢菸灰一邊篤定的說，「**因為那將會幫助別
家出版社成長，一樣是有利於文化事業。**」

　　這是我首次聽到，不得不佩服他的胸襟和遠見！真正的出版人就是要像他這般經營，才是社會的福氣。而事實也證明，揚智出版的書都是品質保證，甚得文化人的口碑，這都跟他的獨到眼光和過人慧心有密切關係。

　　第三，他幾乎是全天候在出版社坐鎮（不像有些出版人一直忙於出差應酬），卻又深知社會的脈動。我每回去都能從他那邊分享到一些新鮮的話題，包括舊理新製書的翻身策略、書版設計帶動風潮的取向和暢銷書排行榜的內幕等，我聽著不覺汗顏起來。滿以為自己是在外頭闖蕩的人，理當是所知不少了，現在才發現遠遠不及！而有趣的是，朋友引薦學生來出版社實習，他隨便抽取一張紙，劈頭就問：這是什麼紙、多少開、幾磅重……等。對方被問得一愣一愣的，全然不曉得世上還有這玩藝兒。

　　「現在年輕人真不用功，」他這回可狂吐了一口長煙，替對方洩氣的說：「還是讀出版所的呢！」

　　是哦，那些年輕人恐怕連一個小編輯都幹不了，別說那得更細心才能趨入的企管了！此刻我對他又暗中豎起大拇指，深覺這種經驗沒有傳下去太可惜了。

　　此外，聊到痛快處，他也會不諱言的對我說：「你跟其他學者不大一樣！」我納悶的請他解釋，他說：「別人會斤斤計較版稅的問題，而你從來不見提過一次。」噢，這就反教我慚愧了！他願意出版我那些叫好不叫座的書，已經感激不盡了，那好意思再跟他討什麼利潤？

　　縱是如此，我還是誤用了一次他給我的方便。那是博士論文出版後，他客氣的跟我說，以後有什麼稿子儘管拿來。我真的在隔年一口氣送去《語言文化學》和《臺灣文學與「臺灣文學」》兩本書稿，逕自交給他，而忘了要透過孟樊。結果他仍委由孟樊看過，書是被採用了，但我卻對孟樊深感歉疚，這點倫理我怎麼就忽略了？因此，爾後只要孟樊在揚智任總編或顧問一天，我的書稿一定先投到孟樊那邊，再由他跟老闆商量決定。

　　因為葉忠賢談吐高雅，見識又廣，所以我興起就慫恿他寫文章，他只是笑而不答；而我對他為文化事業付出的心力和懷抱的理想所升起的一股敬意，靈感一來打算為他寫一部名為《新一代出版人》的傳記，希望他能提供更多的資料，他也只用一口接一口噴出的煙霧回應，以致迄今都無緣在這一方面有點實質的進展（葉忠賢是我所見識過特別低調的出版人，從來不在媒體中爆光。但有些事總難以被遺忘，誌記它就成了唯一的出路。對此我有封短箋「孟樊兄：拙作《走上學術這條不歸路》原有一段寫葉忠賢，被他執意刪去，現印一份供你參考。書裏無法留下這段紀錄，我始終引以為憾，盼諒！」如今著錄完畢，聊以補憾）。

上上策

靈病就靈療，身病就醫療。但都不及自療有效：也就是道德無虧，靈病自去；養護有道，身病不來。

另解靈擾不成病，只有相敬兩安／無求自高／修養護體／練才全身是良藥。道德無虧須配此為雙翼，即使宿有仇怨也終能化解。

身病依賴外療，難免為醫藥所誤；自我調理，持之以恆，方是正途。

高手出招

讀書窮理，有四急務：一辨心性差異，如儒家存心（良心）養性（仁義性），道家修心（逍遙心）煉性（自然性），佛教明心（真常心）見性（佛性）；二辨作功不同，如創造觀神功，氣化觀道功，緣起觀佛功；三辨識無有別，如道家無待，儒家無違，佛教無執，耶教無心；四辨祕境分疏，如冥契上帝，體證佛，符應道。上述混淆，識見便短；輕啟議，則頓成措大不識好惡！

點比較

古體詩寫得精采，是因為意好（內感外應得體，可以觸動人心）。

現代語體詩承自西方自由詩寫得精采，是因為意妙（馳騁想像力超脫，能夠引人創意發想）。

二者都有虧進取力道，無妨改以資訊詩化一理濟窮，或可別啟新氣勢。

不過如此

　　人活得不快樂，緣自家計重擔／婚姻折磨／親子難諧／職場險惡／成就低靡等（或說有這些變數在圍困）。

　　如有一項滿足，則稍能改觀。

　　尤其是成就低靡得以反轉，可蓋過其他。

數食寶

有本事的人，才能講性慵闊不與世務。

沒本事的人也講性慵闊不與世務，那不啻是在看輕用詞會反過來嘲笑人的後座力。

再說世務有很多類型，有本事的人可以取此棄彼（被他所棄的可以說那是不與世務）。

沒本事的人已無世務可與，就不能學舌矯說自己也在性慵闊者行列。

也是苦惱

　　語音的陰陽清濁，或指聲調陰平陽平，契
入清則平上陽契入濁則去入陰；或指韻清聲韻
陽（不帶鼻音）濁聲韻陰（帶鼻音）。

　　詩人如果也要弄懂這些，乾脆別詩了。

　　又古來論者但知對仗得顧及平仄／詞性／
句法／典故／陰陽等層面，根本不察更重要的
喜好，說了一大堆都不合胃口！

觀深

　　宗教活動，不論是禮拜，還是祭儀，或是慈善，在源頭上都不是宗教的。

　　它是把世俗有的東西挪來運用，跟原先的信仰體證已經是兩回事。

　　因此，要論及宗教的，只有那純粹的信仰體證。

卷四　說書

再說一遍

　　攝取跟東海岸有關的詩作匯成《重組東海岸》一書後稍加自剖。

　　別人寫東海岸都嫌調式單一，我則姿采紛繁，莫可究詰；再者別人有「意到筆隨」，我乃「無心疏離」。

　　說完，發現有個臀影在背後突地豁出一聲高傲的嘆息！

輕受訪

問：文學獨特性何在？

答：文學是用有審美功能的語言（文字）構成的，它跟藝術（如繪畫、音樂、雕塑、建築和舞蹈等）不用語言相別異（藝術美另外顯現在線條、色彩、節奏、旋律、造形和律動等），也跟哲學、科學及其分支學科等大不同（它們雖然也以語言為媒材，卻無美感）。該審美功能，乃由意象或事件所促成。以意象為例，如「小提琴用它們的音樂來煮空氣」（崇高）/「她丈夫的呼吸把她的睡眠鋸成兩半」（悲壯）/「杜甫每次都用飢餓懷念李白」（詼諧/怪誕）等，都方便藉以想像。

問：臺東在地文學又如何？

答：文學要創新才有前途（不分在地非在地）；而創新得在形式/技巧/風格等顯出高明或殊異性才有可能。現今臺東（非學院）作家（寫詩如莫那能/吳當/詹澈；寫小說如藍波安/巴代/田雅各；寫散文如孫大川/林韻

梅／齊萱等）只在題材上取勝，其餘都不大有突破，還須多努力。

　　問：你最喜歡自己創作的一首詩為何？

　　答：每一首詩的產出都因自己喜歡才會留存，因此難以挑選答問，不如以「姑且選一首」方式表示。所選為〈新民主頌〉：

```
┌──┬──┬──┬──┬──┐
│⑤│④│③│②│①│
│  │陳│李│蔣│孫│
│  │角│高│大│小│
│  │杏│固│頭│毛│
└──┴──┴──┴──┴──┘
```

（此詩收入《又有詩》。朗誦需加詞：一張選票，上面印著①號孫小毛／②號蔣大頭／③號李高固／④號陳角杏，到了⑤號突然跑出一個興奮的空白）此屬前衛派表現主義式作品，為造象而作（預告真民主乃得如此留空白，讓大家可以自由填入人選，始符合「等值的參與」要求）。稍一吟詠，滋味便出。

零拾

我們知道醒來，但不知道什麼時候睡著；我們知道在吃東西，但不知道為什麼會餓；我們知道活著，但不知道什麼時候即將死去。

依此類推，我們所不知道的事甚多，如生病、痴想、憂鬱、躁動、意外事故……等，而這可以用語言來解釋的，就有一部分會跨到神祕界，而有靈異語言的事實。

換句話說，只要有現實語言所不能涵蓋的，就得仰賴神秘語言來填補；而神祕語言多跟靈異有所連結或多從靈異發出，於是就逕自統稱為靈異語言。

再由相關理論予以細密觀照，終而有了一門新學科「靈異語言學」的成形（按：在序《靈異語言知多少》一書前，曾記下此段等待入文，因遺忘未能處理，今補誌於此）。

木頭人一二三

　　小說《叫我們哲學第一班》出版後，先寄一本給陳界華教授，他閱後來電說此書「**很有意思**」，並建議我在下次夥伴聚會中講說。陳兄是眼界很高的人，並不輕易讚美別人，這次蒙他不棄，可見此書已略能相契人心。

　　只是到了夥伴聚會時，因有他文先談，等到我上場已屆臨散會，僅能匆匆以下列幾點表白混過：第一，此書乃我論著《走訪哲學後花園》的戲劇化加強版；第二，書中情節是我所嚮往教學情境的投射；第三，相關角色的塑造則又是在顯示我個人分身的成果（讓他們上臺盡情演出，我在幕後連番喝采）。

　　往後是否還有另行講解機會，無法預測；但從系列哲學思辨既已在書內詳細鋪展來說，再強為注繹無異於自加蛇足！

看題

　　《莊子》書尚可談者有三：（一）「物物而不役於物」，析證？（二）語所存者盡糟粕，那莊子本人思想的菁華在何處？（三）至人／神人／聖人只談境界，工夫？

　　此三事最當疑，但前人卻都未疑。

　　今後如有解答，受益者將可普遍化而不再侷限於莊學老饕。

小說構思

　　主角讀研究所，碩士論文預備寫《紅顏薄命觀鉤沈》。他所朋友質疑：「這像是歷史所或宗教所的論文，怎會被中文所接受？」他答：「因為指導教授不喜歡女性主義，所以就讓我寫了。」

　　他還打算以後博士論文寫《一字研究》，只是不知道會不會被指導教授踢出研究室大門。

　　其實少有人了解，在西方一是指個體，在中國傳統一是指整體，在印度佛教一是指無體，這都需要搞清楚。

猜謎

《紅樓夢》載林黛玉臨終前道「寶玉，你好
⋯⋯」，語未竟便斷氣。

此可補以「好絕情／好傷我」一組，顯示譴
責寶玉（背地娶薛寶釵）。

「好可憐／好無奈」一組，有意同情寶玉（
被設計娶薛寶釵）。

「好好活著／好自為之」一組，高調寄望
寶玉。

失語亂序一組，純屬自我茫然。

作者吊人胃口（八成是），為了「含不盡之
意，見於言外」。

圖解《莊子》書七種讀法

氣化觀型文化（文化學）

道（形上學）

↓

逍遙自在（知識論／邏輯論）

↓

無己／無功／無名（倫理學）

（美學）諧和自然 -------------- 成就至人／神人／聖人（神祕學）

此讀法，總為文化學的。其餘由它統括後所見
下貫分衍關係（分衍的彼此還可以相涉），則
各有箭頭和虛線標誌，整備高效幾已無可復加
。

解詩

讀文學史書須釐清精緻類如詩格律的源流
。

起源於合樂歌唱（字數關係節奏／平仄配
合旋律／韻腳和聲延聽無關輕重），從所遺詩
三百篇多顯疊套可知。

中瘦於陶冶吟誦，樂譜遺失詩不可歌後，
大家只能詠吟仿歌冶心。

後跌於解義看覷，末流連詠吟也不能了，
僅剩猜意寄情。

待語體自由詩興起，傳統格律詩倏遭沈埋
，不復可見當初神采。

愛一直在疼痛

　　朋友問及《詩後三千年》序詩「我的肉和你的肉摩擦愛會疼痛」何意？

　　我怕費時沒跟內文相連結，僅就字面通寓部分答以：「情欲，自己解決；倘若找別人宣洩，對方不論是伴侶還是情人或是其他逢場作戲者，都很容易因細故爭吵而讓愛出現裂痕，終致以悔恨苦痛收場！」

　　原也要加這一段注解的，但書中因受限於體例而無處置放，所以只得另作處理（答問便是）。

讀莊心得喻

　　人要像樹木，保有旺盛的生命力不斷成長；而在這一過程中又能跟周遭環境維持良好的和諧關係：風雨來跟它們搏感情，蝴蝶飛鳥來跟牠們逗趣，人來給他們乘涼。如此則活得坦蕩自在，人生可以不必愧憾（*此段已嵌入《《莊子》一次看透》序中*）。

在時代浪尖上迴身

　　詩源自歌唱而非徒作，今所存詩三百篇多顯疊套合樂略可證矣。歌唱有曲調，曲調有旋律節奏。詩體所現句式變化，即在選配節奏；而平仄相調，則為營造旋律；至如韻腳設計，乃有和聲延聽需求。此理至明，卻因人多未憭而演為不傳玄祕。

　　後有五七言詩仿作不歌，遂成定式；而歌唱則別立長短句樂府承祧，自成一脈。二者異彎並驅，時有合流（純詩亦可配樂而歌）；終而再出律絕謹嚴格律，以及新樂府並曲子詞遞相衍變嗜新。傳統詩歌可察見者如斯而已，豈有滯理奧義容乎其間！

　　然歷代說詩者，或究韻譜，或考律髓，且出例課類，判分雲泥，所詳處幾成大觀。殊不知格律細節，乃一人一式，後學卻以前賢所有意無意創體為典則，而相衡自我從業不殆，實屬可怪。

　　今審五七言體乃語言美聽二式（以後出絕

句為基底），已成慣習，自可保存。餘如古音今
調及輕重緩急等取則等，但以略能使唇吻遒會
為主，毋須計較舊有體式；另用韻慮度，亦不
必強戒出韻而自縛手腳。若然，則可以談古式
新裁重光詩思一事。

　　近世外犯屢至不敵，國格淪胥，舊詩體亦
隨風潮為新詩體所取代。但此新詩體形製氣力
乃盡仿西方自由詩而不名，獨有「資訊詩化」
乙格或可一搏濟窮。而此試煉我已有多本詩集
展演（如《剪出一段旅程》、《新福爾摩沙組詩
》、《銀色小調》、《意象跟你去遨遊》、《詩
後三千年》等）且以一冊《走出新詩銅像國》論
著詳為究本窮理待驗。今游刃有餘，當再向舊
詩體謀求變身以相符應，庶幾不負平生所思所
感！易言之，新詩體各式概已經我寫遍，難再
出奇思；唯有舊詩體式甚夥，或可取一二變身
從新出發，以顯個殊。此中理路，乃因古哲思
辨據我實踐已有「轉傳統為開新」一體，詩詞
本皆美物久耀，應更可比照一試。

　　書名為變身秀而不言變裝秀，僅緣此事尚

涉一般律則，全然換新外觀仍非所能。尤為切
要者，乃詩體容受極大化資訊變身一級得自我
恪守，而此項則已體現於第二卷至第五卷商兌
新學中。筆觸所及，述事緝理，調性急切，不忌
露白；內情傷時罵世規過勸善兼而有之，或可
博人一哂，但嚴肅鑄意仍不宜廢觀。

　　此外，首尾兩卷，權為我補傳（補多年前出
版《走上學術這條不歸路》一傳所未盡意）。其
中尾卷〈觀復我論著文字海〉已字面見意；而
首卷〈孔說吾少也賤〉則取義未著半句「**故多
能鄙事**」。此中頗寓孔聖哲思高華，難以企及，
姑且暗截其繼語自況，以表少賤儘擔鄙事一節
不遑多讓。全卷看似但攄我胸臆寫我識見，而
不涉代變詩風或多備格力；然所亟欲突破舊詩
體侷限此一志意，亦不難自合體中覷見。

　　邇來私忖前出大家作詩鍊字，或喜奇僻，
或尚辛辣，我難以比肩；單沽重鹹一味，稍可
並觀。如此則獨味昇華為所劇演文內極大化資
訊者，乃我最新信念：舊詩體重生，在此一役。
（《絕句詩變身秀》自序）

後山一詩翁

　　詩以意象表意，創文學一派美構，獨樹異幟而領天地精純奇炫。溯及中土，則始自詩三百篇，本為合樂歌詞，其後曲調失傳，單遺文采供人吟誦。繼有漢樂府興起，唱情得以延續，並見五七言詩仿作不樂；從此歌詩分流，各自繁衍出徒詩與新舊樂府及曲子詞。

　　由曲子詞總收唱情，與徒詩多變體式並驅，詩詞一名遂為中土主流文學代稱，相沿迄今且間有述作。摯友王萬象教授值後奮起，以承祧心志總攬二體，誨教生徒不遺餘力，閒暇範作尤見功力。如今纂成一集《萬象詩詞稿》梓行問世，聞者莫不同聲歡忭！

　　緣稟性相近，又同事日深交誼，熟知王教授於大學時主修哲學，負笈美邦後改攻文學，十年苦學有成歸國，旅枕夢痕方歇，即刻換裝輕車簡服，馳騁驛道，講學於黌宮。爾後即是多有過從，論學協作不斷，諸事歷歷仿如昨日；不意歲月磨人，如今亦見兩鬢斑白矣！唯其

課徒亹勉及其創作不懈，仍堪詳誌。前者且以
一絕表余觀感：「陳編為撫歷多勘，苦詣翻身
了舊慚。解數終朝敷教益，金針已度秀新旆。」
後者則見證於王教授詩詞集而可再略作敘說提
領。

　　曠觀中土古來文學產製，詩詞典雅稱雄，
曲賦附庸襯托，小說戲劇綴飾流蘇，紛出共譜
璀璨扉頁；然自近代以來，不幸迭遭西文侵蝕
而恐成絕響！若此則王教授連番述作又豈僅為
承祧明志，當又更深寓文事麥秀黍離之悲！其
所孜矻於鍛文鑄字者，邇來殆無有可比如此情
傷刻骨，宜乎以俠行視之感之！美其名曰「後
山一詩翁」，後山乃屬居地，一者非第二也，詩
翁則贊其臨老不改志且以詩詞代時人救贖慊志
也。

　　時人有慊志，全因隳墮日久，但知有西文
而陌路於舊典，今幾已不習詩騷美變，更無事
情采流風，宛如貧兒托缽於歧途矣！王教授姑
愍其意，商兌於律髓韻譜，自製詩魂詞靈以寄
滄海變桑田，得首作三百篇。除或嫌樂府曲佚

難摹而未作，俳律近似狎戲而輕棄，餘則詩備古體近體律絕，詞兼小令中調慢詞，出入辭林翰苑，力扛文字江山，令人嘆異！

　依所部勒，各卷僅以體類歸之而未審詳由，細看始可欣會一首一闋紬情抒意有別，或寫胸臆，或攄雜感，或誌親情，或記遊歷，或通戚友，或傳文業，琳瑯滿目！足見王教授心繫多方且志意敻遠，實非但寫瑣瑣細事者所能比擬。其出以典式，體包情采，又超邁空口數食者多矣。如「天涯獨雁歸桑梓，逆旅砂城矗鑠翁。海日南郊春吐翠，山雲北闕夏滋叢。三邊久立幽人寂，四下俄飛濕雨濛。歲暮寒宵心鹿夢，乾坤萬里眼窮通」（〈歲末感懷〉）、「雲湧天，霧遮山，穀雨紛飛陌野田，峯巒留黛煙。春顏暄，意纏綿，雙燕歸來窗牖前，夢迴人倚欄」（〈長相思〉）等，咸采冉情燦，耐人詠吟！

　曩昔嚴滄浪詩話品詩謂「漢魏古詩，氣象混沌，難以句摘」，王教授詩作凡是一氣轉旋而意有餘韻者皆似之；而王靜安詞話論詞云「北宋以前，如有唐唯在興趣，羚羊挂角，無跡

可求」，王教授詞作但見語脈相連而言多理致者亦皆其倫。然詩詞存美，儘以句競奇，譬若青松拔地、鷹隼凌空，予人不禁目眩心驚！依此察考王教授詩詞集中可摘以饗喜新趣者實多，如「心網撈水總是幻，耳袋裝風徒自清」（〈贈內詩〉）、「返本還原銷血淚，懸崖撒手悟真如」（〈說紅樓〉）、「夏雲映海詩心老，冬霧瀰山世味真」（〈己亥初冬述懷〉）、「知交餘幾人將老，恁東風凋盡朱顏」（〈風入松──春歸〉）、「流水落花深萬緒，無言沒入斜陽處」（〈蝶戀花──丁酉穀雨〉）、「冰湖日出芸窗白，漠野星垂萬里沙」（〈鷓鴣天──暮春思舊〉）等，俱造語脫俗，警意可感！

　　王教授潛修苦練詩詞長藝，非僅在寄慨或聊慰一己衷腸，其獎掖後生或磋切朋儕以致深情者更夥。前者，如勉諸生「年光堪賞金甌滿，客夢仍頻銀燭短」（〈玉樓春──代跋《華緣綺語聲聲慢》〉）、美新秀「世事波舟未平，順風揚檝自輕盈」（〈翠羽吟──贈游生士傑〉）、別俊彥「華章傲世今生著，炳煥文星出少年」（

〈贈王生誠御〉）等，無不深寄愛才惜才旨意；
後者，如有感留學域外渥蒙學兄老到經驗相授
「詩文熠熠君才出，術業平平我惕驚。幾度相
逢思昔往，霜濃路滑雪風行」（〈歲末感懷寄振
念學長〉）、欣逢文友望高壽「驥伏鵬摶揚北海
，鴻飛鵲起出南溟。驊騮得路風雲會，燕雀爭
棲頃刻寧」（〈贈馬兄陳棠〉）等，亦頻寓不忘
會學或共壯凌雲志數數縈懷。尚有餘，則是余
亦有幸蒙賜五篇存意，中有二古體五七言聚應
余學術傳記《走上學術這條不歸路》及白話長
詩《詩後三千年》，兩相照映幾已成互文矣。

　　是知王教授詩詞堪比澤惠典酬，入人至深
，實可再以一絕嘆賞其創作殊能：「流金歲月
早聽聞，幾許風流便少罩。後到先來輕算計，
頻端意象試前溫。」未盡意處，待來年享余續
集或可從容予以填補。今還覺筆短欠償，不克
縷述輯略所見風光迤遍也（王萬象著《萬象詩
詞稿》序）。

在文學經典的國度裏鑄光

　　年輕時，看書經常是胡亂翻翻，遇有麗詞佳句就摘錄下來隨意賞玩，很少想到要進一步去追究什麼「文學」、「藝術」、「美感」一類東西；但看著看著卻發現這些被我忽略的東西一直糾纏不去，以致又不得不開啟另一種「自我理性成長之旅」，試著找尋可以化解困境的良方。而這一路走來「問道」、「求索」、「開悟」等等，不意已經有二十幾年的歷史了。

　　現在雖然不再困折於原先所遇到的一些問題，但看到像麥克奈爾在他的《臉》一書中所說的「從蘇格拉底到偵探小說家錢德勒筆下的惡棍，每個人都為美而心折。古羅馬詩人奧維德稱美是『諸神的贈禮』，全世界的人都在追求美的魔力。美一直是道讓人摒息的謎，它的光彩奪目，讓許多藝術家動容。科學已經告訴我們，美是多種元素構成的奇怪之物，非大部分人所能理解；研究人員現今仍在探索美為何有如此大的力量，美到底是什麼東西」這樣的

話，還是會怦然心動！這不是說我自己也有類似的迷惑，而是說真真不明白這世上為什麼有那麼多人在為美而痴狂！

　　如果可能，我會嘗試從文學的角度來解釋這種現象。文學是以詩為代表的，而詩在根源上有西方人所說的「詩性的思維」這一美感特徵。換個較貼切一點的說法，詩性的思維，就是野蠻人的思維；而野蠻人的思維，就是非邏輯的思維。這種非邏輯的思維的極致，可以到哲學論說者所會批判的「範疇的誤置」地步。如「時間的熾熱一直持續到睡眠為止」、「她拳頭般的臉緊握在圓形的痛苦上死去」、「無色的綠思想喧鬧地睡覺」、「她的瞳中溢出一顆哀怨」、「寄給你一個紫羅蘭色的記憶」等等，它們雖然不合邏輯規則，卻各自創造了一個新的世界。而這種創新，也就是美感最大的來源。後來隨著人類理性逐漸發達而有小說、戲劇的興起；但它們所染上太多文明的色彩（包括不斷強化邏輯結構在內），卻離原始的創意越遠。所幸從進入 20 世紀以來，文學人很快的厭棄科

技文明而從新召回原始的心靈，所展開的一系列有關現代的前衛派和後現代的超前衛派的創新表現，不知道風靡了多少「久受禁錮而亟思高翔」的心靈。這與其說是文學的魅力，不如說是創意美的魅力。也正因為有這創意美的魅力存在，文學藝術終於要被人一再的耽戀著。

　　相較於西方這種特具「暴發力」的強烈美感形態，中國傳統文學一向以溫和澹緩的抒情為主就少了那麼一點「野蠻」氣勢；但從近代以來因為敵不過西方文化的衝擊和侵蝕，國人也逐漸學起了西方人的思維模式而開始要展現大有別於傳統的異質色彩。這條路不論是否走得顛躓滿眼，都已經是走定了；倘若還有所謂的「歧出」或「別異」的餘地，那麼大概就是融會古今中外的技藝而出新意這一不二法門了。而這正好可以從經典性的作品入手，探驪得珠，重現光華。換句話說，閱讀文學經典是走向開新的第一步，最後則要以能夠不斷創發為新的文學經典為歸宿（合著《閱讀文學經典》序）。

在解厄學中學解厄

好萊塢的著名影片《侏儸紀公園》中有一句話：「生命會找到自己的出路」。這部電影是透過科技想像，來揣摩生物因吸收異質素，而展開快速進化的一段段炫奇旅程。

此種因不滿足現狀，而要不斷更新人生的做法，從西方的一些言論，如「安全是一種死亡」和「與其克服缺點，還不如讓那些有益的優點萌芽」等，也可以窺見一斑，那裏面無不蘊涵著冒險或向前衝刺的人生態度。而這全緣於西方人所處社會體制為一網狀結構，大家都能在不同領域競求表現，從而回應上帝造人的美意。這時他們所遭受的困厄，就不在集體打壓，而在自我能否締造傑出的成就。

相對的，國人所處的社會體制是一金字塔結構，每個人的晉身或發展都受到極大的限制，以致才會有許多的纏縛產生。

晏殊的《解厄學》，無非就是有鑑於在中土謀生致仕的艱難而將心得轉為抉隱發微的勵志

書。他所亹亹不倦曉諭讀者的諸般道理，已經自成一套生存智慧，足以提供身處於此制約中人進退出處所需的資源。而為《解厄學》從新詮釋的作者，又特能分卷標題說解，引證歷史故事，使理事相發，旨貫全書，讀來醰醰有味，又多長智慧，很能使大家從中學得有效的解除困厄（史明月編著《解厄學：藏鋒隱智，扭轉人生》推薦序）。

史漢短長

　　昔太史公著《史記》，乃為「究天人之際，通古今之變，成一家之言」，後世史家遂不能出其藩籬。故太史公稱良史，其所著書稱實錄，而其行文之際兼具才學與史識，為後世史家所難逮，不亦宜乎！東漢班固《漢書》成，亦號實錄，華嶠稱曰：「固之序事，不激詭，不抑抗，贍而不穢，詳而有體，使讀之者亹亹而不厭，信哉其能成名。」然余讀其〈高帝紀〉，不免以其有過譽之虞。評者皆謂班書前半多本《史記》，而能剪裁得當。但方之《史記》，班書實遜色三分，讀之者亹亹而不厭云云，諒不在此篇，而在武帝以後之紀傳也。綜觀班書〈高帝紀〉，瑕多瑜少，茲略論於後。

一、善於剪裁而不見特色

　　班氏拘於一偏之史觀，故其著筆多顯窒礙。雖〈高帝紀〉取資於《史記》，而略有更動，並

不惜多假《史記》項羽、陳涉、蕭何、張良等傳
以充篇幅，乍見似裁密思靡，細察則覺其繁碎
不堪。猶之美人，輕妝淡抹，立顯其婀娜之態，
倘添以濃彩厚裳，則臃腫之外形亦掩其美質矣。
考班氏意，無非在以事繫年，而高帝事特多，
為紀其經略，故大小諸事，莫不畢集於一紀之
下。因之，紀事之繁略則失準的，人物之是非
得失亦難鉤其要；以致平鋪有餘，曲迴則不足
也。

二、力求精密而嫌多文飾

　　班書詳贍，行文尤長於駢偶，為求一致，在
取《史記》之文時，損益固所難免；然觀其增刪
處，只見文飾而不見特識。如「高祖常繇咸陽，
縱觀秦皇帝，喟然太息，曰：『嗟乎！大丈夫當
如此也！』」班書改「也」為「矣」，則高祖既
羨又嘆之神情盡失矣。又如漢王與項羽對陳廣
武之時，劉邦數落項羽之罪狀，逕呼項羽之名，
而自罪一數至罪十，一氣呵成，班書則稱「羽」

而不稱「項羽」，且在罪一至罪十之下各增「也」字，其辭語中之氣勢頓失，非似戰場上叫罵之況。又如沛縣父老欲立劉邦為沛令，「**於是劉季數讓。眾莫敢為，乃立季為沛公。**」班書將「眾莫敢為」改作「眾莫肯為」，顯見其識闇。因當時沛縣父老共殺沛令後，蕭何、曹參等人皆文史，恐事不就，後秦種族其家，盡讓劉邦為縣令。太史公用一「敢」字，正道出眾人之膽怯而顯出劉邦之敢擔當也。前為虛字之增刪，而立失人物之神態情貌，後為實字之更易，而使史實沈闇不明，類此皆不遑指瑕也。

三、人物眾多而實乏生動

楚漢之爭，歷五年之久，其間人物之興替不知凡幾，班氏似欲盡繫於〈高帝紀〉之下，以見漢家天下得來不易也。然太史公在寫此間之人事，煞費心思，故讀其書，千年前之人物猶鮮活在目前，其聲貌，其言情，皆為史公所捕捉矣。班氏卻任意剪裁，致人物缺乏生氣，敘

事頗嫌板滯，令人讀之不欲昏睡，亦將掩卷也。
茲舉二例以明其一端：（一）太史公寫鴻門宴，
乃在見項羽成敗之關鍵，及劉邦倖能脫險之緣
由；其中有寫項羽之英氣與坦率，亦有寫劉邦
之窘迫與張良之從容，以及樊噲之威武等，場
面氛圍之緊張，人物聲情之微妙，盡在史公筆
底。但此栩栩如生之畫面移至班書，則減色泰
半，乃為其刪改所害也。如是謂之實錄，無乃
欠當。（二）項羽圍劉邦於滎陽之際，《史記》
云：「漢將紀信說漢王曰：『事已急矣！請為王
誑楚為王，王可以閒出。』於是漢王夜出女子
滎陽東門，被甲二千人。楚兵四面擊之。紀信
乘黃屋車，傅左纛，曰：『城中食盡，漢王降。』
楚軍皆呼萬歲。漢王亦與數十騎從城西門出，
走成皋。項王見紀信，問：『漢王安在？』信
曰：『漢王已出矣。』項王燒殺紀信。」班書云：
「5月，將軍紀信曰：『事急矣！臣請誑楚，可
以間出。』於是陳平夜出女子東門二千餘人。
楚因四面擊之。紀信乃乘王車，黃屋左纛，曰：
『食盡，漢王降楚。』楚皆呼萬歲，之城東觀。

以故漢王得數十騎出西門遁。令御史大夫周苛、魏豹、樅公守滎陽。羽見紀信,問:『漢王安在?』曰:『已出去矣。』羽燒殺信。」觀二書之記事,以《史記》為近事實,班書似非寫實也。若以班書所記,則紀信就義前臨危鎮定之神情未能曲盡其妙,且有造作之嫌。反觀《史記》,敍述自然,人物動態一如當時。二書相較,優劣見矣。

四、增刪頻繁而殊欠精當

執一隅觀之,班書〈高帝紀〉似洋洋大觀,然就全面省察,其增刪太繁,時見不當之處。如「2月,攻碭,三日拔之。收碭兵,得六千人,與故合九千人」。此「與故合九千人」句,乃畫蛇添足,因前已言蕭、曹、樊噲等皆為收沛子弟,得三千人,合此六千人,自為九千人,何待班氏繁言?《史記》不名,是為省淨。又高祖未為沛令前,聚眾不過「數十百人」,班氏改《史記》為「數百人」,以壯聲勢,是言過其實也。

又班書取材有誤者，如「漢王旣至南鄭，諸將及士卒皆歌謳思東歸，多道亡還者。韓信為治粟都尉，亦亡去，蕭何追還之，因薦於漢王，曰：『必欲爭天下，非信無可與計事者。』於是漢王齊戒設壇場，拜信為大將軍，問以計策。信對曰：『項羽背約而王君王於南鄭，是遷也。吏卒皆山東之人，日夜企而望歸，及其鋒而用之，可以有大功。天下已定，民皆自寧，不可復用。不如決策東向。』」考之《史記》，此獻策之人非淮陰侯，而是韓王信（見《史記·韓信盧綰列傳》），班氏誤以為淮陰侯，因其事而敷衍，是張冠李戴也（按：此文歷代注家皆未辨，或為班氏融合淮陰侯事與韓王信言所欺也）。由此可見，班氏取材有欠精審耳。

五、結語

　　史書之作，體例固有多端，要之立意為先，然後取材以成篇，兼考究篇法與句法，事覈文美，方有可觀。《漢書·高帝紀》多襲自《史

116

風有話要說

記》，為廣其篇，盡納與高帝有關之事，以致繁略失度；又句法為求整鍊，常刪改《史記》之文，以致人物之言情乏采，與事實眞象似多不合，俱見其短。是知班氏作〈高帝紀〉，乃以剪裁見長，而其史學與史識則不如史遷之服人也。

諸子學榮臺新契機

　　臺灣從四百年前開始有史乘記載以來，歷經多次政權遞嬗、人口流動和經濟起伏不定等變數影響，始終無法沈潛穩著以發展深具特色的文化力；尤其晚近半個多世紀儘受制承接西方資本主義強權所委託高汙染耗能的器物製造，大家競相奔走在家庭和工廠間，如雄蟻般忙亂苦幹，不但無心於閒暇致思，而且還徒然惹來病痛愁煩難以排解（本地罹癌／腎功能障礙／身殘癱瘓的人口都高居世界第一位），每天彷彿在面對世界末日，了無希望（連起步不久的民主制度運行也因為對外一逕聽命於宗主國的支使以及對內爭鬥不斷且社會分化對立嚴重，更讓人灰心至極）！

　　即使曾經有海峽對岸遊客的禮讚「臺灣最美的風景是人」，但那也僅是對比於他們社會主義國度所缺乏的良善好客一面而發論，並非可推及全世界在顯能（更何況那話背後還隱含有「臺灣除此就沒有什麼長處了」的貶低心理

，無從教人開懷）。也因此，想改變臺灣淺碟子
社會的處境，必須有足以更換體質的具份量學
術深耕來填補充實；而這則有賴傳統最早揚威
的諸子學說的復振新衍，以激起另一波奇異思
想的勃發，所望才庶幾可以臻致。

　　所以要從諸子學說著眼鑄力，乃因為傳統
思想除了中古有佛學介入和近世遭遇西學摻和
外，全是諸子學說的一脈持續，由此啟元縱然
不為正本清源至少也是特見方便途徑。而臺北
的屬地性（可以輻射全臺），就緣於它早已佔
著臺灣政治／經濟／社會的中心以及可為整體
文化的發散地位置，最合適選來試煉成效。這
在近幾年，類似的發想已有學術社羣在嘗試努
力，企圖塑造一個獨特且有臺灣風格的學術文
化，卻無法從內部形塑概念而未經評估就要大
為借助歐美理論（這又如何彰顯有專屬的特色
呢）。他們從沒想到（或不知）有便捷的傳統文
化可以使力，豈不是自我錯失良機到不禁要令
人代為嘆憾（已嵌入《諸子臺北學》一書中）！

卷五　不是月旦

暴君大觀圖

　　史上所會出現的暴君，幾乎都在先秦時代
就歷演過了。如夏桀／商紂／周厲王／秦始皇
等，他們的殘虐行徑，早已罄竹難書而可衍為
一幅暴君大觀圖。

　　圖中能見的盡是在競比殘虐行徑（看誰可
暴過眾人）：

　　帝桀之時，自孔甲（好方鬼神，專淫亂）
以來而諸侯多畔夏，桀不務德而武傷百
姓，百姓弗堪。（《史記・夏本紀》）

　　帝紂……好酒淫樂，嬖於婦人……百姓
怨望而諸侯有畔者，於是紂乃重刑辟，
有炮格之法。（《史記・殷本紀》）

　　（厲）王行暴虐侈傲，國人謗王……王
怒，得衛巫，使監謗者，以告則殺之……
諸侯不朝。（《史記・周本紀》）

> 秦王（始皇帝）懷貪鄙之心，行自奮之志
> ，不信功臣，不親士民，廢王道，立私權
> ，禁文書而酷刑法，先詐力而後仁義，
> 以暴虐為天下始。（《史記・秦始皇本紀
> 》引賈誼〈過秦論〉）

結果是湯代桀而桀放逐鳴條死絕／武王征伐斬
了紂頭／國人相襲厲王出奔於彘而亡／秦王貪
求不死藥而暴斃於外地，都遭到了不得壽終的
報應。

　　倘若說天報有德乃是常理，那麼無德所從
來當也自有天命，以防帝祚被一家一姓壟斷，
其他有德者永無晉昇機會。因此，天命他們施
暴以便革命代變而重組秩序。這在當事人所未
察覺的，其實已有操控手在背後主導一切。所
謂天理昭昭，理應也包括這一件。

活在書裏的人

　　莊子在載籍中所記甚為簡略，旁通又少，無異是一個謎樣的人物。而所遺《莊子》一書，涉及他本人的地方尤多迷霧，常看得人疑竇滿心。

　　諸如他自我定位「處乎材與不材之間」，但又說這「似之而非也，故未免乎累」，而得「物物而不物於物」才可徹底無累（〈山木〉），說得到卻做不到。又他所分衍的道術已高過其他人，然而在應化解物上仍不克盡意（〈天下〉），自覺如此卻又莫可奈何！

　　此外，因為家貧而「往貸粟於監河侯」卻被消遣一番空手回（〈外物〉）；楚王派人來游說「願以境內累矣」而他正釣於濮水竟能持竿不顧（〈秋水〉），既難以忍受飢餓而向一國君貸粟又拒絕另一國君厚祿聘任，前後行徑乃大相悖反。

　　還有他認為「言不盡意」（〈秋水〉）而以「意在言外」為可貴（〈天道〉），一如輪扁斲

輪那樣「古之人與其不可傳也死矣」，世人所讀的書都是古人的糟粕（〈天道〉），那讀者就要追問「《莊子》各篇章又有那些未盡的意或言外的意」？同時還可以反詰全書「也不過是一堆糟粕罷了」（菁華都不在裏面），這可要折煞人！

　　從此一觸處不協的現象研判，莊子是一個活在書裏的人（自為如如存在的矛盾者），大家要把他拉出來談論，勢必得有能耐代他化解那些矛盾；否則一逕自作多情卻只能左支右絀，免不了為難嘲諷紛至沓來。

聖人非聖錄

孔子哲思高華，理想又優入聖域，但為人部分仍有黏滯處。僅依《論語》所載（兼採《史記·孔子世家》），可數的已顯多端。

如常現矛盾心態（仕隱不決）／愛託辭（述而不作）／背地數落弟子（暗中遷怒宰我）／喜負氣（亟欲無言）／脾氣不小（斥責弟子弄虛）／肚量不大（難容政壇斗筲人）／所說道理高懸（在踐行所專主君子／仁者／聖人德行上尚欠力逮）／會傷人自尊（批評子游用牛刀割雞）／瞧不起愚魯人（咎弟子／罵原壤／責儒悲）／愛憎分明（從不調適喜怒情緒而教人難以親近）／隱藏通靈本事（也在說夢感鬼神及預言）／自己多所方人（訾議時人處並未少見）等。

世人有讚美孔子的，對上述一些脫略總是盡力迴護（可見錢穆《孔子傳》）；而詆譭孔子的，又尋隙過深（如黃文聰《孔子真面目：2500年來的謊言》一書把孔子批得一無是處），都

不是「持平之論」。

今從新條理，可知孔子生命甚是活潑，不失為可愛之人。至於所非聖部分，當可以「方便借鑒」看待，毋須膠柱鼓瑟來相戾！

才命相妨

先秦大才屈原，緣於本身「博聞彊志，明於治亂，嫻於辭令」而知遇於楚懷王，「入則與王圖議國事，以出號令；出則接遇賓客，應對諸侯，王甚任之」。不料「上官大夫與之同列，爭寵而心害其能……因讒之曰：『王使屈平為令，眾莫不知。每一令出，平伐其功，以為非我莫能為也。』王怒而疏平」。到了頃襄王時代，被讒更甚，以至於被流放，最後懷石自投汨羅江而死（《史記‧屈原賈生列傳》）。

相隔百年有賈誼，起先也很風光，「年十八，以能誦詩屬書聞於郡中……（吳廷尉薦於漢文帝）是時賈生年二十餘，每詔令議下，諸先生不能言，賈生盡為之對，人人各如其意所欲出，諸生於是乃以為能不及也。孝文帝說之，超遷，一歲中至太中大夫……諸律令所更定，及列侯悉就國，其說皆自賈生發之」；但當「天子議以為賈生任公卿之位」，卻遭到「絳、灌、東陽侯、馮敬之屬盡害之，乃短賈生曰：『雒陽

之人，年少初學，專欲擅權，紛亂諸事。』於是天子後亦疏之，不用其議，乃以賈生為長沙王太傅」；後改任梁懷王太傅，結果是「居數年，懷王騎，墮馬而死，無後。賈生自傷為傅無狀，哭泣，歲餘亦死。賈生之死，時年三十三矣」（《史記・屈原賈生列傳》）。

　　顯然二人的命運近似（都是年少得志，引來旁人嫉妒，終而受謗被黜，抑鬱殘生或病歿）。這或許是上天的一手安排：讓他們仕途挫折備嘗，以便另闢創作路，而成就不朽文名。

走運

　　大賦家司馬相如，一生多貴人貴事。前者，
先是跟臨邛令王吉相善而認識富人卓王孫，娶
他女兒卓文君，意外分到財物無數，終身不愁
吃穿用度；後是有蜀同邑人楊得意為狗監薦於
漢武帝進入仕途，因賦得寵，初拜為郎，再拜
中郎將，並建節使於西南夷，官終孝文園令，
福祿雙全。

　　後者，所著賦靡麗逾常，尤能取悅王公貴
胄（如武帝讀他的〈子虛賦〉稱讚不已「恨不與
之同時」；讀他的〈大人賦〉「縹縹有凌雲之志
」；讀他的〈長門賦〉讓打入冷宮的陳皇后從新
得幸，可見他所作賦的魅力），引得史家強為
他立獨傳，並廣錄那些賦作以光篇幅。

　　雖然他「未嘗肯與公卿國家之事」經常「稱
病閒居，不慕官爵」（《史記・司馬相如列傳》
），但從「女無美惡，入室見妒；士無賢不肖，
入朝見嫉」（《史記・外戚世家》褚少孫補記）
那一套俗律絲毫不在他身上應驗來看，已極幸

運；加上他衣食無缺可專心創作，且能致思發展出「合纂組以成文，列錦繡而為質，一經一緯，一宮一商，此賦之跡也。賦家之心，包括宇宙，總覽人物，斯乃得之於內，不可得而傳」（《西京雜記》引）這一甚具大家氣派的賦論，又知此中有上天特別眷顧。

　　文人走運如此，可說是史上第一人（大概也是僅他一人）。因此，史家大肆蒐羅他的奇聞佚事（包括他以琴挑卓文君而誘得對方跟他私奔和故意開酒館鄰近岳家而刺激卓王孫不得不分予錢財童僕遮羞等在內），恐怕也有幾分為自己緣欠補憾的用意！

馬後炮

曹氏父子三人，俱以文名，且位居建安文學集團的核心。當中曹操兼一代梟雄，志在權謀而無暇多費心於文事；兒子曹丕和曹植則不然，除了創作，還常發為意見。只不過他們在評斷同儕的著作時，大多任意抑揚，看不出有一點謙撝藉以自省的樣子。尤其那些人都嗝屁了，即使不滿所評也無能爬出墳墓來縱聲抗辯。這般的評騭方式，形同是在放馬後炮，很難教人信服。

為此我在《詩後三千年》文學史詩裏，不禁要用兩段文字來給予反批評（一究曹丕〈典論論文〉；一責曹植〈與吳質書〉）：

建安七子給了少陽當道
以前大家競爭七哀七啟七發七諫七政七
　略
如今一出場就想比個長短
孔融陳琳王粲徐幹阮瑀應瑒劉楨串起了

一篇典論論文
誰擅長辭賦誰有齊氣誰章表書記雋於時
人
他和而不壯或壯而不密他體氣高妙卻不
能持論
等對方歸西了這些認證全部不妨信口雌
黃

乘隙月旦人物的還看一箋與吳質書
有人不護細行壞了名節有人懷文又抱質
東家美志不遂西家逸氣未遒
那個人書記翩翩這個人體弱不足以起文
脈
好歹話都說了少壯該當努力呀
終了握靈蛇珠抱荊山玉的是自己
你們降等人才都側身去靜候一張灰撲撲
的網
我的哥哥爸爸真偉大

兩人史家分別評道「文帝天資文藻，下筆

成章，博聞彊識，才藝兼該。若加之曠大之度，
勵以公平之誠，邁志存道，克廣德心，則古之
賢主何遠之有哉」／「陳思文才富豔，足以自
通後葉。然不能克讓遠防，終致攜隙」（《三國
志‧魏書‧文帝紀》／《三國志‧魏書‧陳思王
植傳》），但無一語誌及他們跟時人爭雄情況，
毋乃憾事一椿！

蜀漢陣營可容身

　　《三國演義》小說把諸葛亮塑造成會神機妙算兼能呼風喚雨的異能人士，但現實中可不是這個樣子。據《三國志・蜀書・諸葛亮傳》所載，有關他的經歷，在出場部分只略見志氣（從未顯現能掐會算一類奇蹟）；後來他的一連串際遇，也都僅僅是務實而知所應變而已。

　　且看史家陳壽為所定他的著作上奏說的一段話：「亮少有逸羣之才，英霸之氣。身長八尺，容貌甚偉，時人異焉。遭漢末擾亂，隨叔父玄避難荊州，躬耕于野，不求聞達。時左將軍劉備以亮有殊量（徐庶推薦），乃三顧亮於草廬之中；亮深謂備雄姿傑出，遂解帶寫誠，厚相結納。」這所帶出的諸葛亮，早已留意於時勢，才有辦法給劉備獻策「今操已擁百萬之眾，挾天子而令諸侯，此誠不可與爭鋒……孫權據有江東，已歷三世，國險而民附，賢能為之用，此可以為援而不可圖也。荊州、益州（可取）……霸業可成」，此中只是顯示他特能看透世局而

無從摻以什麼奇計妙方。

　　還有劉備慶幸得人所說的「**孤之有孔明，猶魚之有水也**」，以及臨終託孤時所大為稱許的「**君才十倍曹丕，必能安國，終定大事**」等，也沒有半言涉及諸葛亮的超人格調。倒是他治蜀做到「**道不拾遺，彊不侵弱，風化肅然（信賞必罰／科教嚴明／吏不容奸……）**」，而給史家逮著機會判定「**然亮才，於治戎為長，奇謀為短；理民之幹，優於將略……蓋天命有歸，不可以智力爭也**」。至於中間穿插對手司馬懿在看到他退軍遺留的營壘時所驚嘆的「**天下奇才也**」，也不過是出以幸災樂禍心理而佯為讚美罷了。

　　由此可見，諸葛亮所以選擇蜀漢陣營安身，是他料定劉氏方最弱且無人跟他競爭總宰頭銜（曹操／孫權那邊早就擠滿了人才，那有他中途殺入施展抱負的餘地）。但也因為天命不許他多擅將略，以致六出祁山伐魏無功（最後一次還卒於道），終而引發後人大嘆「**出師未捷身先死，長使英雄淚滿襟**」（杜甫〈蜀相〉）

136
風有話要說

！

難企等高線

　　南梁時代有兩大文評家：一為劉勰，一為鍾嶸，分別有《文心雕龍》和《詩品》專著行世。

　　前者被後人稱許為「體大思精」，且歷來不乏校注傳誦者；後者併人被史家評定為「好學有思理」，只是內裏的品第觀（詩分上中下三等）一向鮮獲識者的認同，尤其是夾纏有私怨時該筆下文字就更難辨青紅皂白！《南史・鍾嶸傳》有段著錄可以為證：「嶸嘗求譽于約，約拒之。及約卒，嶸品古今詩為評言其優劣云：『……觀休文眾制，五古最優……故當辭密於范（雲），意淺於江（淹）。』蓋追宿憾，以此報約也」。但這都還不是重點，重點是他們能深契文理文術／勘知詩致高下卻寫不出相應的作品留予人賞鑑（劉勰還有少許偏致的佛理文；鍾嶸則全然不見詩作），眼高手低莫此為甚（連跟一般作者等高的表現都沒有）！

　　可見一個人能不能創作，跟他是否懂很多

理論沒有必然關係。那該怎麼辦？聽天由命吧
！

李杜爭霸

「李杜文章在，光燄萬丈長」（韓愈〈調張籍〉）。從此詩可知，自中唐起李白和杜甫的詩成就被併稱已經是一種慣習，當中也包括較量他們的短長在內。

倘若真要分優劣，那麼有一個攸關氣盛或氣長的標準，無妨試為採用。像「俱懷逸興壯思飛，欲上青天覽日月」（〈宣州謝朓樓餞別校書叔雲〉）／「興酣落筆搖五嶽，詩成笑傲凌滄洲」（〈江上吟〉），這是李白詩，有如雄峙聳立在眼前。杜甫大概寫不出來，他有的只到「星垂平野闊，月湧大江流」（〈旅夜書懷〉）／「會當凌絕頂，一覽眾山小」（〈望嶽〉）地步，壯盛尚差一階。這應是二人神采氣象不同所致！

以史書多著錄杜甫「性褊躁，無器度，恃恩放恣」／「縱酒嘯詠，與田父野老相狎，蕩無拘檢」／「嚴武過之，有時不冠，其誕傲如此」等（《舊唐書・文苑傳》）來看，他命中自是少有

高華本錢；再加上李白一句「杜甫齷齪」的評
斷（《舊唐書・文苑傳》），那就更不好想像他
也能憑空衝頂，一起力拚仙格了。

文人無行一瞥

　　往昔元好問〈論詩絕句〉有「心畫心聲總失真，文章寧復見為人。高情千古閒居賦，爭信安仁拜路塵」此一文格人品難以密合的恨嘆！似乎道德到了文人這裏很少不會遭致裂解或棄置，這又是什麼緣故？

　　合理的解釋，大概是文人只有如此不拘小節，才能縱情寫出大開大闔的文章；否則身心受道德約束了，一定會覺得彆扭而妨礙到創作衝刺的力道。也因此，我們看到一些秀異詩家像崔顥／王昌齡／溫庭筠等，史書作者就盡羅列他們「無士行」／「不護細行」／「士行塵雜，不修邊幅」等相悖流俗的品秩（詳見《舊唐書·文苑傳》），不啻在暗示他們超卓的詩思就源自這裏。

　　文學原以提供美感為切要，凡是有不關技藝昇華的制約力介入，都會斲傷它的形貌質地；當中道德的僵化強加可以視為一大罪狀！

清官清政

　　敢上疏罵皇帝是昏君是天下貪官總頭目，史上絕無僅有，那個人就是明嘉靖時代的海瑞。據說朱厚熜讀到那份奏摺時，震怒到當下把奏摺猛摔在地上，張嘴大吼著：「抓住這個人，別讓他跑了！」旁邊一位宦官回道：「這人本就有些痴名，知道自己必死無疑，所以已經備好棺材，召集家人訣別，童僕也嚇得各自走散，看來他是不會逃跑的！」最終嘉靖為了不成就他的名節，還是輕輕地放過了他。

　　只不過他連別人也一起罵：「舉朝之士，皆婦人也！」這就遷怒太過了。他固然廉潔異常（據《明史‧海瑞傳》所載，萬曆年間，張居正當政，派御史去考察，「瑞設雞黍相對食，居舍蕭然，御史嘆息去」；而他卒時，「僉都御史王用汲入視，葛幃敝簏，有寒士所不堪者。因泣下，醵金為斂」，可見一斑），但始終不明白一點，就是任官沒作為會被嫌棄說你尸位素餐（凡是支薪而沒作為，無論是否貪墨，都不可原

諒）；而想有所作為就得額外花錢委由大家去
辦事，不可能只憑當個清官（沒錢貼補屬下多
擔勞務）就奢望有好的政績。

　　後者除非有家產或閒錢多多，否則不徵用
外界捐獻／不變通名目動支一點公家錢，又能
拿什麼來支撐政治上的作為？當官的難處就在
這裏！海瑞一味詆諆他人，不是闇昧無知，就
是藉此沽名釣譽，實在沒有必要為他大肆宣揚
！試想這位人稱海青天／海筆架的，從入仕以
來竟然只有退還農民被兼併的土地一事略可稱
道，如此清政，有什麼好標榜的？

心有餘力不足

詩到了明清，已屆末流。雖然就數量來說，全唐詩僅四萬多首，有宋一代詩是它的兩倍（光陸游一人就作了一萬多首），明清詩勢必得再加數倍（只看乾隆皇帝很牛的包辦四萬首就可以猜想）；但論起品質，很明顯都無法跟唐人所作的相比。這是詩運，怨不得後出者不爭氣！

即使如此，也還是有人不信邪，偏要作首〈論詩絕句〉來強示他抗衡到底的決心：「李杜詩篇萬口傳，至今已覺不新鮮。江山代有才人出，各領風騷數百年。」這人叫趙翼，著有《甌北詩集》/《唐宋十家詩話》/《二十二史箚記》等行世。問題是他忙了一輩子，也沒寫出一首可以媲美李杜的詩，更別說管領風騷多少年了。

文人說大話，大抵都不出這種調子。

民國文人狂傲為那樁

愛說大話的文人，不只趙翼一個。先前有紀錄在案的已經不勝枚舉；此後卯起來大發狂傲氣的更多。

前者，像嵇康命喪司馬氏前說道「廣陵散於今絕矣」（只准他一人能彈此曲）／謝靈運信口談及「天下才共一石，曹子建獨得八斗，我得一斗，自古及今同用一斗」（強調他只遜於曹植一人）／杜甫逢人細數「詩是吾家事」（意味別人作的詩都不算數）／歐陽修不慚大言「天下書無有未經我讀」（兼炫耀他買書的錢比誰都多）／金聖嘆人前人後吹捧自己「自古及今，只我一人是才子」（忘了他曾標舉過世上還有六大才子書）等，都可以入列。

後者，有的以行動表示，像辜鴻銘拖辮提水煙袋登講堂／梁啟超邊打牌邊撰文交付報社派來索稿者／傅斯年動輒攘袖揎臂跟人辯難／章太炎以文壇瘋子聞名常作灌夫罵座／錢玄同自命疑古派指點古史文字江山／黃侃愛傲異善

罵甚於座師章太炎／劉半農跟錢玄同唱雙簧力
擎「選學妖孽，桐城謬種」大纛等就是；有的以
言語徵侯，像康有為登長城發豪語「且勿卻胡
論功績，英雄造事令人驚」（暗示中國等他來
救）／梁漱溟撰稿暢論「吾曹不出如蒼生何」（
明喻蒼生只有他能教化）／劉文典毫不掩飾一
再對人述說「全世界真正懂《莊子》的人，總共
兩個半：一個是莊子本人；一個是我；其餘半
個是所有研究《莊子》的學者」（意思是連那半
個也可以取消了）／魯實先在課堂上特愛宣揚
他乃「倉頡之弟，許慎之兄」（權且認同倉頡造
字功大而瞧不起許慎說解文字錯謬百出）以及
吹噓「古今懂《史記》的人只有三個：一個是司
馬遷自己；一個是他魯某；一個還沒有出生」（
猜想背後另藏有按語「那第三個人永遠不可能
出生」）／李敖經常臉不紅氣不喘誇說他是「
五百年來白話文寫得最好的人」（自設榜單自
兼領銜）等也是，無不盡屬派中人且氣勢似又
更盛！

　　光就民國所見這些人來說，不論是言行公

開程度還是動機穿透力道，都遠非前出者所能
想像，確是堪加玩味！而這或許可用一組問答
形式來完結此項擬議：

　　「民國文人憑什麼可以這麼狂傲？」

　　「知識水準低落的時候，就會發生這種狀
況。」

報應有時

陳寅恪是現代備受肯定推崇的史學家。他所著《隋唐制度淵源略論》／《唐代政治史述論稿》等書，被認為有開啟隋唐研究新視野的功勞；而他所著《元白詩箋證稿》／《柳如是別傳》等書，嘗試以詩證史也給人有生面別開的印象。由於國學功底深厚，以及通曉多種外文，一時間別人封他為「教授中的教授」，極享美譽。但他人生後二十年卻遭逢兩眼失明及文革慘被紅衛兵整死的命運，實在令人想不透這樣的大學者怎會有如此不堪的際遇！

發露此中情節來龍去脈的文章，早已堆疊如山，只是都還缺少對造成此一命運深層原因的探究。今從傅斯年兩封未經人係聯的書信或可來重作理解：一是傅斯年聽聞中研院總幹事葉企孫將史語所專任聘書給陳寅恪後去信堅持「寅恪不能住在桂林而領本所專任研究員薪，必來李莊而後可以」；一是傅斯年再追加致葉企孫函宣稱「彼（寅恪）在任何處一樣，即是自

己唸書，而不肯指導人（本所幾個老年助理他
還肯說說，因此輩常受他派查書，亦交換方便
也，一笑），但求為國家保存此一讀書種子耳。
弟知他一切情形極詳，看法如此」（王汎森整
理《傅斯年來往書信選》）。有這項資訊，包括
他所以會罹患眼病及大陸易幟前不顧大家勸說
拒絕來臺和文革期間被紅衛兵批鬥慘死等，一
切真相終於可以大白。

　　原來他只顧自己要過養遵處優生活（長期
僱有僕役侍候），而不盡他作為一個大學教授
兼研究員所該盡指導晚輩作研究的責任，這樣
縱使他搶佔餘暇累積學問功力再怎麼深厚，畢
竟有個倫理虧缺在欠，老天會記一筆，他終究
是要還補的。再說批鬥他的紅衛兵大多是他教
過的學生，他們所回過來加諸的罪狀除了走資
派／資產階級反動學術權威／牛鬼蛇神／封建
餘孽等屬無理取鬧外，其餘如大肆揮霍國家財
產／享受高級護理待遇／非美帝國家主義的藥
物不吃／有意汙辱為他理療的年輕女護士等（
詳見岳南《陳寅恪與傅斯年》）則不盡是無的

放矢，顯見他確有超出一般知識分子所該硜硜
自守的常度處。如此招來天嫉，只是剛好而已
。至於他絕去臺灣當局的延攬離開大陸，當也
是他的投機心理發作，以為自己已享盛名，共
產黨沒有理由不善待他（何必逃到國民黨政府
的流亡地去自降格調）。孰料他的如意算盤打
錯了，等來等去照樣被貶入臭老九一夥，再也
無緣重享原先的榮光。

　　整體來看，這要不是應了常情所准過「人
在做，天在看」／「不是不報，時候未到」一類
可測的理則，大概也沒有更好的解釋了。

也是浪得虛名

　　現代靈魂人物胡適，原拿美國還回的庚子賠款去該國留學，尚未完成學業，就因陳獨秀的推薦而受聘於北大擔任教職。起先沒沒無聞，一堂中國哲學史的課，學生不耐聽，紛紛離去，最後只剩班長一人。他問：「你為什麼不走？」對方答：「我如果走了，就沒有人給先生解圍了！」他聽了還差點掉下淚來（詳見田茜等《十個人的北京城》）。

　　不意他跟陳獨秀合作，在《新青年》雜誌刊載一系列文學改革作品，受到矚目而一夕間爆得大名，連帶引發一場影響甚鉅的白話文運動，他也一躍而成了新一代青年導師，同時開始大寫特寫迎合潮流的文章。

　　此後他脫胎換骨似的變了一個人，各界邀約不斷，講堂也擠滿了等他餵哺新知的老少學生；而來結交的人更是多如過江之鯽，人人都以擁有一個「我的朋友胡適之」為榮。就在這樣的情境中，他被寵壞了：學問止步且胡亂涉

足他所不熟悉的領域（什麼都要軋一角發表他
的「淺見」）。因此，我們會看到他談中國哲學
疏闊，談中國文學半吊子，談禪宗全未入門，
談其他雜七雜八的東西也多外行，徒然遺留後
人習慣受他制約而學問始終提升不起來的難忍
弊端！更可議的是，他還連同一些見識短淺的
人強為引進西方的民主制度，結果不適應而搞
到國家四分五裂，最終丟到政權，他自己遠走
美國當寓公去了。

　　兩岸分治後，他應邀回臺灣主持中研院，
但風采難續，想推動點什麼已力不從心，結果
勞瘁過度而死在院長任上。不知道他如果還在，
目睹所引進的東西在臺灣僻地繁衍出一個草寇
民主怪胎，究竟會作何感想？唯一可以確定的
是，類似這種浪得虛名的人，我們如何也不能
再寄予丁點厚望，以免他拍拍屁股走了，大家
還得幫他善後解決一大堆麻渣問題。

詩壇祭酒看不久

2010 歲杪，距離我退休不遠，余光中受邀來臺東大學演講，學校所費不貲。人文學院就乘機先辦了一場座談，也通知我參加。

會中余光中講了一些話，並提及那陣子他跟教育部力爭的高中國文課本文言文比例問題。我持不同看法，認為想藉多幾篇文言文來提升學生的語文能力只是夢想，關鍵還在他們有無認同感而自行廣為研修，以致僅著眼在教育政策不啻是白費。余光中給了回應，但沒抓到重點，經在旁他的太太范我存提醒後才敷衍了兩句。

此刻我發現他的臉色已變，堪稱是不悅，彷彿我戳到他的神經而責怪起我對他缺少敬意。會後我將現場草成的一首詩〈在知本相遇——記余光中教授的一場座談〉送給他，他僅冷冷的跟我輕握道謝。

隔年我的詩集《飛越抒情帶》出版，想到裏頭收有那首詩，就寄一本送給余光中。但包括

他來校當天送他的另二本詩集，一概沒獲得片言回覆，讓我覺得此人不免有失長者風範，不論我講話是否觸怒了他。

還有他在大禮堂的演講，據資深同事告知，早先有一次請他蒞校演講也是同樣的詩樂關係題材，則又感覺裏頭有點不對勁，卻又說不出該諒解他年紀大可能記憶有誤的話（畢竟看他腦袋還清楚得很）。直到數年後，有一次打開佛光衛視，看見他在佛光山所辦的「揚州講壇」的演講，所說的跟來臺東講的絲毫沒有差別，我才恍然大悟：原來他已江郎才盡，只能憑著一套東西到處騙吃騙喝（他如果還有別處邀去演講，恐怕也不例外），實在有損詩壇祭酒形象。

這麼一來，我對余光中全然不理會我送他詩集一事，終於可以原諒了，因為他已經沒有丁點涵養值得我尊敬（比較難為的是，他太太范我存每回陪著去，坐在臺下總是專注的聆聽，假裝是首次聽到自己丈夫的高論），不原諒他豈不是跟我自己過不去？

如今斯人已逝（余氏於 2017 年底過世），
我也該將多年來孳生對他莫名的錯亂印象存入
記憶匣子，任由時間加以密密的塵封（倘若有
人覺得這篇文章恰好是不計前嫌的反證，那麼
就諒解我體例所需禁不住要再顛天一次）。

私人講學一厄

南懷瑾在兩岸三地大開私人講學風氣，常被尊稱為國學大師或通天教主。但披閱他的多部著作後，只覺此人狂妄自大，其餘所獲不多。

當中可議的約有三點：第一，他詆諆別人所談佛義禪理都是狗屁不通，此則自信太過，全因不曾細繹別人著述而輕下論斷所致。第二，他罵遍門生聽眾，多採「蠢才」、「笨」字眼，本身已在造口業，且徒增對方難堪怨懟，是為曲解禪師接引法門，不足為訓。第三，他說經只是做到「依文解義」（章句證驗）初階，此外就不知還有「依義解文」（綜攝理解）和「對比闡發」（異系互勘）等進階深論，世學多陌生，卻又喜自誇高明。可見讀者只能憚於他的名聲，談受益恐遠所不及。

他活了九十五歲，最終病篤坐化。荼毗後，頭蓋骨完好，舌頭尚在，舌利子滿布。一說舌頭未化，表示此人生前講經在理。雖然他並不

旁門左道，但如上述因貫通無方而所解義頗見
隔閡，難顯精采。

　　有人說他的東西是野狐禪，所喻差似。倘
若真要給他評斷，那麼依他熱中誨人一點看更
活像老婆禪。

卷六　打帶跑

姓氏名字溯源

一、引言

　　人們對過往的事物從來不會失去興趣,隨時都可以看到大舉投入尋根行列的舉動:有的從史乘譜牒去找尋祖先的根;有的從地下文物去找尋史前人類的根;有的從太空星球去找尋萬物的根;有的從文獻記載去找尋各類事物的根,紛紛紜紜,不勝舉述。當中有一個跟國人關連甚大的姓氏名字,應該也要有人來深入一探它的根源。我個人不揣譾陋,願意率先嘗試,以為響應此類盛舉。

二、姓氏的由來

　　《左傳‧隱公 8 年》說:「天子建德,因生以賜姓,胙之土而命之氏。」歷來論者都以這段話為根據而說姓氏的來源,只是稍有出入。如許慎《說文解字》所說的「姓,人所生也。

古之神聖人母感天而生子，故稱天子，因生以為姓」／「氏，巴蜀名山岸脅之阜旁，箸欲落墮者曰氏」等，前者釋姓為天子「因生以為姓」（如炎帝居姜水太皞賜姓姜／黃帝居姬水炎帝賜姓姬之類）跟《左傳》的看法相同；後者釋氏則跟《左傳》所定調的天子建國命氏一義有別。段玉裁注見此現象，難以密合，就下個結論說「氏」是「是」的假借（漢碑中尚有「姓某是」者），而「是」為分別之詞，跟天子建國命氏的意義相合。然而，段說只能證明「氏」「是」同音通假，無從斷定「是」就是本字；因氏字在古代被使用的情況遠比是字普遍，而氏字篆文象人居山阪之形，也僅如錢穆〈中國古代山居考〉所發掘的「蓋古人居山阪，氏即阪也。故曰某氏，猶言某地耳」（後來天子建國命氏，因地而異，乃由此來），許說只合當它是巴蜀一帶的方言，不宜引為否定它不是姓氏的氏。

三、姓氏的先後

　　依《左傳》所示，姓氏都是封建制度下的產物，且姓先於氏。這揆諸實際，則大有疑問。原因是封建制度並非自古已然，未有封建制度前人豈無姓？段玉裁注《說文解字》姓字說：「按人各有所由生之姓，其後氏別既久，而姓幾湮。有德者出，則天子立之，令姓其正姓，若大宗然。如〈周語〉：『帝胙四岳，國賜姓曰姜氏，曰有呂；陳胡公不淫，故周賜之姓（謂媯姓），命氏曰陳；鸐叔安裔子董父事帝舜，帝賜之姓曰董氏，曰豢龍。』蓋此三者，本皆姜、媯、董之子孫，故予之以其姓。又或特賜之姓，前無所承者。如《史記》、《白虎通》：『禹祖昌意以薏苡生，賜姓姒氏；殷契以玄鳥子生，賜姓子氏。』斯皆因生以賜姓也。必兼《春秋傳》之說，而姓之義乃完。」可以彌補《左傳》所不逮；只是「人各有所由生之姓」究竟從何而來，卻又全付闕如無表。《白虎通·姓名》說：「人所以有姓者何？所以崇恩愛、厚親親、遠禽獸、別昏姻也。」這解釋姓的意義，還不致離譜，但對於姓所從來的根本問題仍未涉及。我個人以

為姓字,從女生會意(實為形聲字)當為晚出。古但有氏而無姓(氏就是後人所謂姓)。氏義為人居山阪,多人聚居於一地,便命名為某氏(猶如說某地的人),並擁有起碼的自衛武力,所以氏又稱為氏族(丁山〈甲骨文所見氏族及其制度〉釋族為「軍旅的組織」,頗有道理。反觀《說文解字》解「族,矢鋒也,束之族族也」,還差一間)。爾後各氏族聯合為一大團體,或有依功分封情事,緣此命氏制度才逐漸形成。至於姓,應是封建制度確立後,為了安撫民心,而造出許多「神聖母感天而生子」的故事所致(天子既是神聖母感天而生,必然追溯他的母氏,因以為姓。如母居姜水為姜氏,她的子嗣也姓姜氏,以明示自己是此女所生)。由於古史多為後人所附益,以致古書中有說某某姓某氏就不定屬實;況且說某某姓某氏,也會讓人誤以為姓在先氏在後。

四、姓氏的分合

　　氏在姓先，從常理來推也不難理解。古人所稱天子賜姓命氏，則姓為大宗族，氏為小宗族。小宗族自大宗族分出，構成一具有相當規模的氏族社會。《史記·殷本紀》贊說：「契為子姓，其後分封，以國為姓。有殷氏、來氏、宋氏、空桐氏、稚氏、北殷氏、目夷氏。」這樣的配合，似乎天衣無縫，但仔細推敲卻又不然！遠古的社會，乃先有小宗族，以後才有大宗族，豈可以代表後出大宗族的姓在代表小宗族的氏之前？據此天子所賜的姓如果是本姓，那麼本姓原先就是氏。焦循《孟子正義》說：「《書·禹貢》：『錫土姓。』鄭氏注云：『天子建其國諸侯，胙之土，賜之姓，命之氏。』然則此賜姓即是命氏，是古時通謂之姓，周乃分正姓為姓，庶姓為氏耳。」焦氏的話說反了。應該是氏姓「古時通謂之氏」；因為氏分出許多分支又各自為氏，所以天子賜其原氏為姓以統攝諸氏（至於命氏制中，或氏官，或氏事，或氏王父字，俱為後起，不容相混）。這是氏姓的分別。後來氏姓連言不分，如《春秋·隱公 9 年》載「天

王來南季來聘」,《穀梁傳》說:「南氏姓也,
季字也。」又如《史記·陳杞世家》說:「昔舜
為庶人時,堯妻之二女,居於媯汭,其後因為
氏姓,姓媯氏。」氏姓由此合而為一。後人凡是
說某氏,就全為某姓的指謂。如劉寶楠有《論
語正義》,為了區別於十三經注疏中的邢昺《
論語正義》,引者都稱「劉氏正義」,意思就是
姓劉著的《論語正義》;又如某族譜中記載女
的祖先有「陳氏媽」一條,意思就是「姓陳的『
媽』」,此理至明,不待贅述。

五、名字的意義

　　姓氏以為宗族的區別,名字則是個人的區
別。《說文解字》解「名,自命也。从口夕。夕
者,冥也;冥不相見,故以口自名也」。依此名
是傍晚天黑不相見,而以口自稱。制字者所以
採用此義,當不難理解:古人在天黑時相見(
無照明設備)需要自稱,以免讓對方誤以為不
速客而有所激烈反應。至於其他時間是否需要

自稱，則視情況（陌生程度）而定；但這已跟制字無關。換個角度看，人有名彼此才能互喚，以便傳達思想情感。因此，人有名的事實應遠在「名」字出現之前，可能有人類時就已存在。緣於名猶如人的標誌，所以幼兒出生後父母一定要給取個名，在他的相貌外多一項有別於他人的特徵（後人有取同名鬧雙胞案的，不關本題）。後來人似乎嫌一個名不夠，又加個字。如孔子，名丘，字仲尼；曾子，名參，字子輿等都是。《禮記・檀弓》載「幼名，冠字」，孔穎達疏說：「人年二十，有為人父之道，朋友等類不可復呼其名，故冠而加字。」男子二十歲加冠為成人始有字（《禮記・曲禮》載「女子許嫁，笄而字」，女子十五歲加笄許嫁才有字），則未成人時無字可知。因此，字是繁衍而來的（《說文解字》敘說「字者，言孳乳而寖多也」，可取來解釋此義）。推測古人所以加字，大概基於名為父母所命而不宜任人叫喚此一理由，所以才在成人後加字示異（字和名仍有意義上的關連），上面所引孔疏當可確信。

六、結語

　　依照上述可知，最早只有名，以區別人我；爾後有氏，以區別宗族；再後有姓，以總領世繫；最後氏姓不分。至於字則不知起於何時，恐怕是在文化相當繁複後才有的習俗。這就有兩層意義可察覺翫味：首先，人既然可以在名外加字，當也可以在字外加號（號和名字沒有意義上的關連）。如今人寫作時有筆名／演戲時有藝名／偵查案子時有化名等，都跟號相仿：隱藏姓名或名字而以號行。其次，人的姓氏名字俱備，在複雜的社會裏才擁有一個完整的標誌以利辨認。這是遠古時代的人所想像不到的事，顯示人類文化的演變有兼顧精緻化的一面。

女媧紀

一、女媧的起源

　　古代相傳搏土造人的女媧，是一種神話中的人物。最早見於屈原作品和《山海經》。《楚辭・天問》說：「女媧有體，孰制匠之？」《山海經・大荒西經》說：「有神十人，名曰女媧之腸（一作腹），化為神，處栗廣之野，橫道而處。」二書所言，必有所本，但已不可考。近人以為此乃源於苗族的神話；但苗族所傳女媧事，跟古書所載略有差異，是否一脈相承，還不敢斷定。

二、女媧的時代

　　女媧出現的時代，古人所言頗為乖互。《太平御覽》卷 78 引《風俗通》說：「俗說天地初開闢，未有人民，女媧搏黃土為人；劇務力不暇供，乃引繩絚泥中，舉以為人。故富貴賢知

者，黃土人也；貧賤凡庸者，引絚人也。」《路史後紀》2引《風俗通》說：「女媧，伏希（羲）之妹。」盧全〈與馬冀結交詩〉說：「女媧本是伏羲婦。」《史記》司馬貞補〈三皇本紀〉說：「女媧氏，亦風姓，蛇身人首，有神聖之德，代宓犧（即伏羲）立，號曰女希氏……女媧氏沒，神農氏作。」（按：此本《春秋運斗樞》說）以上或說女媧起於天地開闢後，或說跟伏羲同時，或說在伏羲和神農之間，顯然都是猜測之詞，所以不見一致。其實，女媧乃一神話人物，不能課以實證，必要推定在何時，只有徒勞無功。

三、女媧的長相

有關女媧的長相，《楚辭》、《山海經》中都未言及，直到漢代，才有具體的描繪。王逸注《楚辭・天問》說：「女媧人頭蛇身。」王延壽〈魯靈光賦〉說：「女媧蛇軀。」東漢武梁祠石刻中，也有伏羲、女媧的人首蛇身交尾像（

今出土漢墓畫像中，伏羲、女媧偶有作人首龍身，跟石刻略異）。此後凡是提及女媧長相的，都順從漢人的說法。然而漢人究竟是憑空想像，還是有所根本，已經無從考知。

四、女媧的神力

相傳女媧能摶土造人外（見前），還有補天等本領。《淮南子‧覽冥訓》說：「往古之時，四極廢，九州裂，天不兼覆，地不周載。火爁炎而不滅，水浩洋而不息。猛獸食顓民，鷙鳥攫老弱。於是女媧鍊五色石以補蒼天，斷鼇足以立四極，殺黑龍以濟冀州，積蘆灰以止淫水。蒼天補，四極正，淫水涸，冀州平，狡蟲死，顓民生。」（《淮南子‧天文訓》說：「昔者共工與顓頊爭為帝，怒而觸不周之山，天柱折，地維絕，天傾西北，故日月星辰移焉；地不滿東南，故水潦塵埃歸焉。」按此本於《列子‧湯問》，該篇將它列在女媧補天事後，而《淮南子》不名。到司馬貞補〈三皇本紀〉，乃將《淮南子

‧覽冥訓》和〈天文訓〉二說融合，而別造共工觸不周之山，天柱折，女媧始鍊五色石補隙。其實古傳女媧補天在先，共工折柱在後，二者不容混淆。然而女媧所造的人，有富貴賢知，也有貧賤凡庸，不無遺憾；又女媧所補的天，後為共工所挫，也不夠完美。是知女媧雖然有無比的神力，驗證於實際仍有缺失，並非無所不備。可見天上人間俱有缺憾，造此神話的人，已經深有體會了。

五、女媧的異聞

漢人所說女媧為伏羲妹，後由兄妹結為夫婦，此事也見於李宂《獨異志》：「昔宇宙初闢之時，只有女媧兄妹二人，在崑崙山中。而天下未有人民，議以為夫妻。又自羞恥，乃結草為扇，以障其面。今娶婦執扇，象其事也。」但這跟現今流傳在湖南武岡一帶的神話稍有不同。據近人聞氏〈伏羲考〉說，在古代，有次洪水滔天，把人類全淹死，只存伏羲、女媧兄妹二

人，後結為夫婦，於是為人類的始祖。二說本
事略近，究竟是如何因襲，雖然不可得知，但
二說俱為後起，則可以斷言，因為秦漢以前都
不傳此事。

六、女媧的轉化

女媧本是一神人，眾神多為祂所化，如《山
海經・大荒西經》所述；祂神通廣大，能日行七
十二變，如《淮南子・說林訓》所陳。爾後一變
而為三皇之一，由神的地位轉化為人君，如《
春秋運斗樞》所說。再者，又衍出造人補天的
故事；而造人一說，另分獨自造人演變和伏羲
共同育人。如此多層轉化，跡象顯明，恐怕不
是無意為此。大概後出者想要彌補前說，賦予
同一故事新的意義，以致女媧的本事越來越豐
富。

七、小贊

女媧造人的傳說，據近人的看法，是「**層累地造成的**」（參見顧頡剛等《古史辨》）。就是西周只有禹，到孔子時有堯舜，到戰國時有黃帝，到秦時有三皇，到漢時有女媧（女媧造人說始於漢人，所以置此）／盤古等，時代愈後，傳說的古史期愈長，顯然傳說的古史俱是後人所造。此說已普遍為今人所接受；雖然有人想要加以駁議，但都乏據可援，紛紛知難而退。依我見，女媧的傳說，縱然無當於史實，卻頗能滿足一般人的心理，權為解釋人類來源的問題；猶如西方人以為人類乃上帝所造的一樣。此說自不為主張「物種進化論」者所同意，但生命的奧秘本是一個解不開的謎，將它視為神所造，實遠比視為自然進化來得省事；何況此類傳說經過長期的演變，都已人文化，且深富有文學的趣味，不再是僵硬的原始形態。所以看此類傳說，大可翫味其義而忽略其事。

明代儒學興盛後

一、引言

　　三代以來，學校普遍。不論京師或地方，盡是黌舍巍然，笙歌不斷。考察相關興學旨趣，莫不在於教化人心和為國育才等（質變後才陰雜政治籠絡）。如兩漢六朝以學校取士固然毋須詳述；隋唐宋元學校和科舉互為消長也不必具論；迄有明一代科舉必由學校，人才均自此出，而學校的重要性浸浸乎凌駕於各代之上，可說是至顯奇觀！當時京師有太學，地方有儒學，教養辦法完備，頗多異采。尤其是地方儒學全為應舉而設，所受重視遠過太學。但也因此孳生不少流弊，以致喪失本元，留予後人甚多口實。今試為勾勒儒學的概貌並略予論辯，以見此一代史事的功過得失。

二、府州縣學的狀況

明代的府州縣衛所設學，統稱儒學：「郡縣之學，與太學相維，創立自唐始。宋置諸路州學官，元頗因之，其法皆未具。迄期，天下府州縣衛所皆建儒學。」（《明史‧選舉志》）起初設立儒學，只為了教化人民：「洪武 2 年，太祖初建國學，諭中書省臣曰：『學校之教，至元其弊極矣：上下之間，波頹風靡，學校雖設，名存實亡。兵變以來，人習戰爭，惟知干戈，莫識俎豆。朕惟治國以教化為先，教化以學校為本。京師雖有太學，而天下學校未興。宜令郡縣皆立學校；延師儒授生徒，講論聖道，使人日漸月化，以復先王之舊。』於是大建學校」（《明史‧選舉志》）後來科舉盛行，學校變成儲備應舉人才的場所：「明制科目為盛，卿相皆由此出，學校則儲才以應科目者也。」（《明史‧選舉志》）

儒學的編制，府州縣有差異：「府設教授，州設學正，縣設教諭各一。俱設訓導：府四，州三，縣二。」（《明史‧選舉志》）此教授／學正／教諭，掌教誨所屬生員，訓導輔佐。然而

明初意在擴充儒學，學正／訓導的職位則屢有更動：「明初，置儒學提舉司。洪武 2 年，詔天下府州縣皆立學。13 年，改各州學正為未入流（前為從九品）。24 年，定儒學訓導位雜職上。31 年，詔天下學官改授旁郡州縣。正統元年，始設提督學校官，又有都司儒學、行都司儒學、衛儒學，以教武臣子弟。俱設教授一人，訓導二人。河東又設都轉運司儒學，制如府。其後宣慰安撫等士官，俱設儒學。」（《明史·職官志》）而儒學除了聽命於提學官（直隸儒學例外），還受御史的監督（《明史·選舉志》），以防懈怠脫軌。

入儒學讀書者，稱為生員，人數府州縣不等：「生員之數，府學四十人，州縣以次減十。」（《明史·選舉志》）這是明初所定，不久就昭命增廣，不拘額數。生員增多後，又有等第分別：「增廣既多，於是初設食廩者，謂之廩膳生員；增廣者，謂之增廣生員；及其既久，人才愈多，又於額外增取，附於諸生之末，謂之附學生員。」（《明史·選舉志》）此外，還有童

生和充場儒士。二者並未在學，只是備員而已；直至錄取後（大比年三場並通），才得以領廩膳，並免差徭二丁（《日知錄》）。生員在學中，專治一經，以禮樂射御書數設科分教，務求實才；冥頑不率教者，予以黜革（《明史‧選舉志》）。

儒學有學田，以給師生月廩食米（《續文獻通考》）。教有定規，以課生員兼考教官：「祁州學碑，刻洪武 8 年頒學校格式：六藝以律易御，禮律書一科，訓導二員教之；樂射算為一科，訓導二員教之。守令每月考試，三月學不進，訓導罰俸半月。監察御史按察司巡歷考試，府生員十二名，州八名，縣六名，學不進者守令、教授、訓導罰俸有差；甚多，則教官革職，守令笞四十。」（《顏氏學記》）除了黜降撻責（包括生員在內），給賞陞遷也訂則分明（《明史‧選舉志》），一切都以嚴事辦理，沒有一絲苟且。

三、儒學的貢獻

　　明代學校甚盛，唐宋以來所不及，幾乎無地而不設學，無人而不納教，庠聲序音，重規疊矩，無間於下邑荒徼山陬海涯（《明史・選舉志》）。例證如：「（洪武）17 年 11 月庚午，命遼東立學校。上諭禮部曰：『或言邊境不必建學。夫聖人之教，猶天也。天有風雨霜露無所不施。聖人之教亦無往不行。昔箕子居朝鮮，施八條之約，故男遵禮義，女尚貞信。管甯居遼東，講詩書，陳俎豆，飾威儀，明禮讓，而民化其德。曾謂邊境之民不可以教乎？況武臣子弟久居邊境，鮮聞禮教，恐漸移其性，今使之誦詩書，習禮義，非但造就其才，他日亦可資用。』」（《明會要》）由此可見明代重視學校的一斑。而學校的設立，也的確頗有安撫人心和化民成俗的功效。

　　當時南北國學的監生，多來自各地儒學。一批批的儒學生員起於民間，又被貢入國學讀書，然後或經科舉進入仕途，或經歷事任命為官宦，儒學可說是為國掄才的第一道關卡，對

國家政治的影響不言可喻。又儒學生員，經過
甄選可直接應舉，中式者為舉人，便能為國所
用；而不中式者仍留校讀書，為地方士紳，或
給民眾排難解紛，或給童子發蒙起職。所謂「（
顧炎武）先生〈生員論〉，略曰：『國家之所以
設生員者何哉？蓋以收天下之才俊子弟，養之
于庠序之中，使之成德達材，明先王之道，通
當世之務，出為公卿大夫，與天子分猷共治者
也。』」（《日知錄集釋》）這只從顯而可見者
立論。如果就他們平時深處民間，以恂恂儒士
風範作為表率、啟迪閉塞的民智和成就善良的
風俗等諸多功能的角度來看，想必對社會國家
的貢獻更大。

四、儒學的流弊

從明代功令，雖然得知儒學極受重視，但
施行久了難免變異反被科舉所奪，馴致弊病叢
生。首先，生員數量不斷增加（見前），日漸浮
濫，致使考試不精，程課難密。人人急於攻取

名利，緩於進德修業；才華未顯，本心先失：「李吉甫在中唐之世，疾吏員太廣，謂繇漢至隋未有多於今者。天下常以勞苦之人三，奉坐待衣食之人七。而今則遐陬下邑，亦有生員百人，即未至擾官害民，而已為遊手之徒，足稱五蠹之一矣。」（《日知錄集釋》）更有甚者，殃民禍國，無所不至：「其中之劣惡者，一為諸生，即思把持上官，侵噬百姓，聚黨成羣，投牒呼譟。至崇禎之末，開門迎賊者生員，縛官投偽者生員，幾於魏博之牙軍、成都之突將矣！」（《日知錄集釋》）實在令人怵目驚心！

　　其次，鉗束太緊，學政大為敗壞。除了前面所引對教官嚴於考核外，還有待諸生也甚為苛刻：「（太祖 26 年定法）生員入學十年，學無所成者，及有大過者，俱送部充吏，追奪廩糧。至正統 14 年，申明其制，而稍更之：受贓姦盜、冒籍宿娼、居喪娶妻妾，所犯事理重者，直隸發充國子監膳夫，各省發充附近儒學膳夫齋夫，滿日為民，俱追廩米；犯輕充吏者，不追廩米。」（《明史·選舉志》）如此嚴法，三代以來

所未見。當時不論教官或生員，大多畏憚法網，人人自危，既無心於積學練才，也無暇於優游涵泳，格局一轉頹唐鄙陋，而國家所選非才，政事自然疾趨下坡！

五、儒學的影響

明代儒學，跟科舉相輔而行，制度尚稱健全，可說為國儲才建立了一條足資遵循的管道。往後有清二百多年，也莫不沿襲此套制度。只是儒學逐漸被科舉奪去後，名存實亡，生員寢饋所在，已非為了經世致用：從此但習科條，單練八股文章，學風丕變，氣運流逝不返：「八股盛而六經微，十八房興而廿一史廢。昔閔子馬以原伯魯之不說學，而卜周之衰。余少時見有一二好學者，欲通旁經而涉古書，則父師交相譙呵，以為必不得顯業於帖括，而將為坎軻不利之人。豈非所謂大人患失而惑者與！若乃國之盛衰，時之治亂，則亦可知也已！」（《日知錄》）明代國勢由盛轉衰，以致淪落異族

手裏，原因雖然甚多，但科舉變質一事不能無
過。如此一來，儒學也連帶蒙上不白冤恨，成
了眾矢聚的；而原先的良法美意，完全蕩然無
存。這也使得許多好學深思者視入儒學為畏途
，轉求助於私人書院，而反襯出儒學的負面效
益。

六、結語

　　明代學校，不論太學或儒學，演變到有名
無實，誠為可嘆！當時師儒多不積學，生徒也
只是玩愒歲月，目的在倖博一官而已：「（天順
3 年，建安老人賀煬上書稱）朝廷建學立師，將
以陶鎔士類，而師儒鮮積學，草野小夫夤緣津
要，初解兔園之冊，已廁鵷鷟之羣。及受職泮
林，猥瑣貪饕，要求百故，而授業解惑，莫措一
詞。生徒亦往往玩愒歲月，佻達城闕，待次循
資，濫升太學，侵尋老耄，倖博一官，但厪身家
之謀，無復功名之念。及今不嚴甄選，人材日
陋，士習日非矣。」（《明史‧張昭傳》）難怪

有識之士，倡議要先示讀書學問實法，暫停考
試而挽救科舉頑弊，以及請復辟舉法而並存生
員制（《日知錄》）。可惜終有明一代主天下大
計者，都未見於此；即使有見於此，也無力去
改革，徒遺千古憾事！

兩種文學韻味

一、前言

　　常接觸中國文學的人，可能會發現中國文學中含有兩種現象會給人截然不同的感受：一種是看了會感到緊張、沈重、甚至悲哀；一種是看了會感到坦泰、寬慰、甚至歡笑。前者，來自文字的感染力，以及閱讀前相近的體驗所融會而產生的；後者，來自文字的挑逗性，以及閱讀後孳生的期待所回饋而出現的。

　　且看辛延年的〈羽林郎〉：「昔有霍家奴，姓馮名子都。依倚將軍勢，調笑酒家胡。胡姬年十五，春日獨當壚。長裾連理帶，廣袖合歡襦。頭上藍田玉，耳後大秦珠。兩鬟何窈窕，一世良所無。一鬟五百萬，兩鬟千萬餘。不意金吾子，娉婷過我廬。銀鞍何煜爚，翠蓋空踟躕。就我求清酒，絲繩提玉壺。就我求珍餚，金盤鱠鯉魚。貽我青銅鏡，結我紅羅裾。不惜紅羅裂，何謂輕賤軀。男兒愛後婦，女子重前夫。人

生有新故，貴賤不相踰。多謝金吾子，私愛徒區區」，詩中這位女子，為了拒絕不當的追求者所顯現的「不惜以死相脅」的絕決態度，不禁要讓人動容而致上幾分敬意。相對的，再看張籍的〈節婦吟──辭李司空師道辟〉：「君知妾有夫，贈妾雙明珠。感君纏綿意，繫在紅羅襦。妾家高樓連苑起，良人執戟明光裏。知君用心如日月，事夫誓擬同生死。還君明珠雙淚垂，恨不相逢未嫁時」，這同樣在回絕追求者的「利誘」策略（暫且不論全詩所隱喻的卻聘事），但「欲拒還迎」的忸怩心態，卻沖淡了不少凝重氣氛，也化解了可能來自對方進一步「裹脅」的危機，真教人連聲拍案叫絕！

　　類似的例子，又如左思的〈詠史〉：「鬱鬱澗底松，離離山上苗。以彼徑寸莖，蔭此百尺條。世冑躡高位，英俊沈下僚。地勢使之然，由來非一朝。金張藉舊業，七葉珥漢貂。馮公豈不偉，白首不見招」／王勃的〈滕王閣序〉：「嗟乎！時運不齊，命途多舛。馮唐易老，李廣難封。屈賈誼於長沙，非無聖主；竄梁鴻於海

曲，豈乏明時」，這不論左思／王勃等人是否
有要「借他人酒杯，澆自己胸中塊壘」（詩文中
馮唐／李廣／賈誼／梁鴻等都是不得志的人）
，都會令人頓生鬱結，深感前途未卜！反觀有
關莊子的一些故事，卻又讓人覺得終將雨過天
青：「惠子相梁，莊子往見之。或謂惠子曰：『
莊子來，欲代子相。』是惠子恐，搜於國中，三
日三夜。莊子往見之，曰：『南方有鳥，其名為
鵷鶵，子知之乎？夫鵷鶵發於南海，而飛於北
海，非梧桐不止，非練實不食，非醴泉不飲。於
是鴟得腐鼠，鵷鶵過之，仰而視之，曰：『嚇！今
子欲以子之梁國而嚇我邪？』」（《莊子・秋水
》）／「楚威王聞莊周賢，使使厚幣迎之，許以
為相。莊周笑謂楚使者曰：『千金，重利；卿相
，尊位也。子獨不見郊祭之犧牛乎？養食之數
歲，衣以文繡，以入太廟。當是之時，雖欲為孤
豚，豈可得乎？子亟去，無汙我。我寧游戲汙
瀆之中自快，無為有國者所羈，終身不仕，以
快吾志焉。』」（《史記・老子韓非列傳》），
像莊子這樣嘲弄權貴、輕賤官位的表現（《莊

子》/《史記》所記載這類故事，不妨將它們視同文學作品），豈不可以啟發我們暫釋對仕途的耽念，一掃心中陰霾而作個快適自恣的人？前後對照比較，一個陰鬱，一個諧趣，的確不可同日而語。

再如漢樂府〈薤露歌〉：「薤上露，何易晞！露晞明朝更復落，人死一去何時歸」/古詩十九首之一〈驅車上東門〉：「驅車上東門，遙望郭北墓。白楊何蕭蕭，松柏夾廣路。下有陳死人，杳杳即長暮。潛寐黃泉下，千載永不寤。浩浩陰陽移，年命如朝露。人生忽如寄，壽無金石固。萬歲更相送，賢聖莫能度。服食求神仙，多為藥所誤。不如飲美酒，被服紈與素」，這把人命短淺、一去不可復歸及求助無門的沈哀和無奈，加以如實的描摩，也夠人淒厲狂叫幾聲了。然而，情況也不盡如此糟透，就有人這樣在因應著：「杞國有人憂天地崩墜，身亡所寄，廢寢食者。又有憂彼之所憂者，因往曉之。曰：『天積氣耳，亡處亡氣，若屈伸呼吸，終日在天中行止，奈何憂崩墜乎？』……子列

子聞而笑曰：『天地壞者亦謬，言天地不壞者亦謬。壞與不壞，吾所不能知也。雖然，彼一也，此一也。故生不知死，死不知生；來不知去，去不知來。壞與不壞，吾何容心哉？』」（《列子‧天瑞》）／「莊子妻死，惠子弔之。莊子則方箕踞，鼓盆而歌。惠子曰：『與人居，長子，老身死，不哭，亦足矣，又鼓盆而歌，不亦甚乎？』莊子曰：『不然！是其始死也，我獨何能無概然！察其始，而本無生；非徒無生也，而本無形；非徒無形也，而本無氣。雜乎芒芴之間，變而有氣，氣變而有形，形變而有生；今又變而之死，是相與為春秋冬夏四時行也。人且偃然寢巨室，而我噭噭然隨而哭之，自以為不通乎命，故止也。』」（《莊子‧至樂》），像這類不憂念生死、通達命理的自期和舉措（《莊子》／《列子》所記載這類故事，也不妨將它們視同文學作品），似乎一舉安頓了當事人躁動的生命和啟迪了讀者達觀的智慧，語語都具有挑誘性和激勵性。

　　依照上述，實在難以否認中國文學中存有這種異勢「相互拉扯」或「自我辯證」的張力：一端以急切且冀得同情的樸態現身；一端以嗶緩且盼蒙共鳴的曼體面世。有相近經驗的人，就會為前者潸然淚下或黯然神傷；而有所前瞻的人，也會為後者無盡迴思或拊掌稱快。中國文學有這兩種可以對比的現象，確實值得我們分點心力來留意，也許裏頭蘊涵有某些少為人知的訊息。

二、嚴肅和幽默

　　所見中國文學這兩種現象，姑且以嚴肅和幽默來形容。嚴肅和幽默，各自為美學的範疇，並列則又能顯現對立的趣味。在嚴肅方面，被認為是為了產生某種功用而設計的（參見姚一葦《藝術的奧祕》），如傳道、宣知、抒情等等；使得文學作品內承重負而外露霜氣。倘若程度加深，那麼又會轉為「悲壯」。所謂悲壯，根據論者的說法，是來自人自覺或不自覺地在

面對生存環境和諸般跟人類為敵的勢力之間的
衝突中所產生的行為和反應；而這種行為的性
質中含有災難、破壞的成分，給予人情緒的刺
激為痛苦而非歡娛，同時這種行為也必具現意
義（就是對於人生的態度和哲學）（參見姚一
葦《美的範疇論》）。在中國文學史上，特別明
顯表現在下列兩類作品中：「一類自儒家的精
神出發，強調現世的生活，強調盡一己的責任
，重視自己的出處和抱負的伸展。於是一方面
表現為憂國憂民；而另一方面則又不能不說冀
圖援引，以能得志朝廷……另一類則係自道家
的精神出發，表現為出世的思想，最大的願望
為隱居田園，頤養天年，以求自得其樂，以求
歸真返樸。此類人（作者）多半是仕途翻滾過
來的人，或許是志不得酬，或許是奸臣當道，
是覺悟過來，感到人世榮華之不可恃與不足恃
，道家的哲學正好填補這一空缺。」（姚一葦《
美的範疇論》）因此，不論入世或出世，所見於
作品中的該類意志，都會讓人沈窒難歡，猶如
自己在面臨同樣的艱難的抉擇。

　　通常悲壯的境遇呈現在我們面前時，並不僅僅是個人的意識，在它們相互之間，還有人和他人及自然力相衝突或相搏鬥的整個意識在。尤其是人和自然力相衝突或相搏鬥部分，已形成一種巨大的境遇。這種境遇施及我們心靈上，容易產生三種作用：第一是我們面臨這樣崇高的生命力，無形中提高了我們的精神，使我們對這不可測量的生命而昂奮地超越自我之上；第二是我們面臨這偉大的破壞力，不僅同情個人的渺小，並覺芸芸眾生也無不俯首屈膝於這一支配力之前，以致雖然恐懼但並不沮喪；第三是這種令人興奮的崇高力量，本身就具有非常的魅力，也就是倘若沒有這種悲壯的事實，那人間世將會何等的寂寞和單調！這三種表現於悲壯的意境，使我們不禁要為它歡呼、啼泣、戰慄、崇拜，從而心靈為該意境所高揚和淨化（參見王夢鷗《文藝美學》）。悲壯如果顯現在相關的衝突或搏鬥的不可化解或無效上，那麼它就無異一般所說的悲劇，將更加重我們的惻怛和恐懼！

　　在幽默方面，被認為是「透過比喻、誇張、象徵、寓意、雙關、諧音、諧意等手法，運用機智、風趣、凝鍊的語言對社會生活中乖訛、不合理、自相矛盾的事物或現象作輕微、含蓄的揭露、批評、揶揄和嘲笑，使人在輕鬆的微笑中否定這些事物或現象。它帶有諷刺的意味，但沒有諷刺尖銳，是一種含笑的批評」（王世德主編《美學辭典》）。但這並不是唯一的說法，「什麼是幽默，目前有一百多種定義，可謂是『百家爭鳴』了。有關資料介紹說；『幽默』一詞起源於英國，是英文 humour 的音譯。英文字典對幽默的釋義是『滑稽、可笑、有趣』。《英國大百科全書》把一切逗笑的東西都說成是幽默，這顯然是寬泛化了的定義。據考證，幽默最早是作為醫學術語來使用的。醫學家和心理學家們發現，人之所以有不同的性格和氣質，是由人的四種基本液體──血液、粘液、黃膽汁、黑膽汁的不同組合來決定的。因此，1898年，英國作家率先用幽默這個詞寫了兩齣戲，就是《每個人在他的幽默裏》、《每個人出自他

的幽默》。這樣，幽默首先走進了文藝領域。它透過影射、諷喻、雙關、俏皮話等藝術手法，揭露並鞭撻了生活中的乖訛和不通情理之處」（孟昭泉《幽默與文化》）。這說到幽默的現代用法是外來的，無疑是事實，因為在中國傳統上「幽默」一詞僅止於靜穆或靜默的意思（如許慎《說文解字》說「幽，隱也」、「默，犬暫逐人也」，段玉裁注「（默）假借為人靜穆之稱」；又如《楚辭·九章·懷沙》說「眴瞬兮杳杳，孔靜幽默」，王逸注「言江南山高澤深，視之杳杳無所見；野甚清靜，聽之靜默無所聞」）。但它所提及的幽默是「透過影射、諷喻、雙關、俏皮話等藝術手法，揭露並鞭撻了生活中的乖訛和不通情理之處」，比起前者的說法已略顯窄縮。此外，還有所謂「幽默是人類心靈的花朵」（沈謙〈詼諧、機智與幽默〉）／「幽默是豁達的人生觀」（許應華〈豁達──幽默的真諦〉）／「幽默是靈魂的按摩」（張春榮《一扇文學的新窗》）等隨興式的表白，使得幽默真的應了前引論者所說的百家爭鳴了。

　　以較帶有學術上區別（分類）作用的論述
情況來看，幽默已被細膩地分解，卻始終不見
一致的定位。如「研究幽默首先需要劃清四個
界線：（一）作為主體一種審美感受能力的『幽
默』和作為美的一種表現形態的『幽默』；（二
）『生活領域中的幽默』和『藝術領域中的幽默
』；（三）『廣義的幽默』（喜劇）和『狹義的
幽默』；（四）『幽默』和『幽默作品』。『狹
義的幽默』作為『喜劇』的特殊樣式，有別於『
喜劇』所包含的一般樣式（如諷刺、滑稽等）的
美學特徵是：（1）表達了藝術家所持的特殊意
念──透過美和醜的強烈對比，表現出美對醜
的明顯優勢；（2）反映了藝術家對客觀所持的
特殊態度──溫和和寬厚；（3）採取了特殊的
表現方法──『理性的倒錯』，就是藝術家採
用暗示的、含蓄的手法來表現，觀賞者採取會
意的、聯想的方法來領悟；（4）產生了特殊的
審美效果──會心的笑」（陳孝英《喜劇美學
初探》）／「幽默一詞有複雜的意義，而我們在
此係指語言的幽默；也就是此種語言能使人發

笑，為滑稽言詞之一種，不涉及它的其他意義。當幽默作為言詞的一種形態時，它不同於機智。照字典的解釋：機智純然是理智的，而幽默則理智中含有感情，它不僅不傷害到別人，且具有一種同情的性質。所謂『幽默中有較多的良心，而機智中有較多的頭腦。』也就是幽默是溫和的，而且溫和中帶有善意；它雖然也是一種嘲謔，但所嘲謔的對象往往是自己」（姚一葦《美的範疇論》）／「美的滑稽有三個境界，第一是出於我們的優越感，視對象為無足輕重的原諒態度，是為詼諧的幽默。第二是我們自感優越但不能原諒那不滿意的對象，而持著敵對態度，是為諷刺的幽默。第三是我們對那無足重要的對象，但深切同情它內在缺憾和矛盾，而給予最大的原諒，是為玩笑的幽默」（王夢鷗《文藝美學》）等，這有的把幽默區別於滑稽（詼諧）和諷刺（嘲謔），有的卻把幽默視為滑稽或諷刺的一種，而有的甚至把幽默和滑稽及諷刺融合成一體，可見幽默還有被（無限）形塑的可能性。倘若是這樣，那麼前人常常

在爭論的中國有沒有（西方的）幽默，也就白
費力氣了，因為幽默只要定義就算數，自然沒
有「中國無幽默」的疑慮。這樣一來，我們這些
後出的論述者，就有頗為寬廣的空間可以馳騁
：一方面我們不一定要再陷入那些無止盡爭辯
的漩渦裏，而以根據自己所需來重作幽默的定
義；另一方面我們一定會自我意識這樣的定義
就是權宜的，也是向未來開放的，重點不在幽
默本身的完美或圓足而在它所能給人的啟示。
在這個前提下，姑且把幽默界定為對自己或他
人有所偏執或沈迷的嘲弄。它的用意也許是曲
折的（等同於嚴肅），但呈現在表面的節奏或
氣氛卻是諧和、快適且兼幾分慧黠的，跟嚴肅
的高昂和典重，正好形成尖銳的對比。而它給
人的感受，除了有一般性的意涵可供尋繹，還
有多餘的巧智可供賞玩。

三、背後所隱藏對倫常的渴欲

不論是嚴肅性的作品，還是幽默性的作品

，或是嚴肅性和幽默兼具的作品，認真追究，背後可能都隱藏著一股對倫常的渴欲。這種渴欲，最終會顯現在人和人、人和自然、甚至人和天命（或主宰力或眾因緣）的和諧的追求上。換句話說，所謂的倫常，可以擴大到包括人和人的關係、人和自然的關係、甚至人和天命的關係等層面；而所謂的渴欲，就是對眾層面和諧狀態的嚮往。

　　所以以「和諧」作為倫常的正常狀態，不只是後驗的規範，它也有先驗的事實基礎。也就是說，全體存在物的存在，原就有它的秩序性（不然會自我衝突或自我潰亡——如水都往下流，卻忽然往上流，而造成異常的氾濫；又如所有人都有生命的周期，卻忽然停在生長期，而造成人滿為患），只因為種種緣故（如人謀不臧予以破壞或不認同該秩序性之類），而讓它出現了裂隙或倒錯。以致在經驗到非秩序化的慘痛或一番了悟秩序的必要後，才以各種可能的形式（包括文學這種形式）來表達對和諧狀態的渴欲。問題是對於該秩序性的認定，卻

會因人而異，而形成另一種紛擾現象。如漢高
祖的〈大風歌〉「**大風起兮雲飛揚，威加海內兮
歸故鄉，安得猛士兮守四方**」，這認為「從馬上
取得天下」後，需要「猛士」來幫忙鎮守四方，
才能確保局勢的安定；殊不知靠征戰手段取得
政權，必須以血腥殺戮作為代價，根本上破壞
了人和人的和諧（而不是承續了人和人的和諧
）。又如樂府古辭〈公無渡河〉「**公無渡河，公
竟渡何。墮河而死，將奈公何**」，論者認為它「
**寫的是人和人之間的衝突，及人和大自然間無
可化解的衝突**」（周英雄《結構主義與中國文
學》）。暫且就人和自然的衝突部分來說，它不
是必然性的，而是當事人（指公）強要渡河不
成所導致的；敘述者（包括論者）以為人和自
然本存在衝突的因子（而必須化解使它秩序化
），就不是事實。又如項羽的〈垓下歌〉「**力拔
山兮氣蓋世，時不利兮騅不逝！騅不逝兮可奈
何，虞兮虞兮奈若何**」，項羽把兵敗垓下歸咎
上天對他不公，造成人和天命的衝突，這不論
是不是英雄氣盡的「憤激之言」，都不可忽略

天命為最終秩序的主宰者，所謂人和天命的和諧，就存在既定中，人如何的抗拒都無損於它的既定；於是不認同該天命，只好徒增困擾和遺憾（一如項羽以自刎了結生命而引發世人的惻怛）！

嚴格的說，前面所舉嚴肅性的作品，除了為傳達道「道」的作品，其餘的不論是為了傳達儒、佛等道理，還是為抒發傷窮、憂病、痴戀、悼亡等情緒，都存有類似的問題。但因為它們都是對人和人、人和自然、甚至人和天命的和諧關係的渴欲，不便否認它們的存在價值，依舊要把它們略作這樣（對倫常的渴欲）的定位，而准予有「見道不夠」的餘地，讓大家一起來尋求彌補。至於幽默性的作品，所要自我解嘲或嘲弄他人的，反而較貼近該秩序性的認知而逕予以追求，幾乎可以成為一種典範。

四、結語

就人類來說，嚴肅和幽默儼然是兩種面世

不可或缺的態度；而有的人偏向嚴肅，有的人偏向幽默，有的人嚴肅和幽默兼具。前二者，原沒有什麼軒輊可分，但因為論者所有執著，以致出現類似底下這種各自強調的現象：「一個藝術家可以改變他信仰中的上帝，可以有他自己的道德的倫理的觀點，不管他們如何改變或轉化，但必須信仰『人』，關懷人類和人類所建立的文明。這一心胸和抱負是作為人類的藝術家的最基本的信守，是作為藝術品的最基本的嚴肅意義」（姚一葦《藝術的奧祕》）／「幽默可說是一種傳播技巧，它的目的可能在消除人和人之間的敵意，拉近人和人之間的距離，或者表現出對人性的一種無奈，或者對極權政治的一種批判。也可能只是在博君一笑，消痰化氣；當然，它更是一種『心藥』，可以減輕人們的焦慮和憂愁。因此，懂得自我解嘲的人，就容易維持『心理健康』。這也就是為什麼心理學家特別重視幽默的一大緣故」（彼得《幽默定律》）。這在表面上彼此是不能相容的（前者會批評後者「輕佻」，而後者會批評前者「神

經」），而所謂的軒輊也就在各別的立場中被
分判了。至於後一者又如何？基本上能兼具嚴
肅和幽默的人較少，還沒有多一點的案例可以
考察，自然也無從肯定它會比前二者「曾較被
看好」。

　　雖然如此，作為一個人，有多些自省能力
和應世策略，總是好的。它可以讓自己不斷地
自我調適，以便應付錯綜複雜的社會環境。在
這種情況下，一個多姿采的人生是可以期待的
，也是可能實現的。透過上述嚴肅性作品和幽
默性作品的討論，多少可以促使我們領悟這個
道理。而就文學創作來說，一向存有這兩種類
型，它們所能發揮的功能也一併作了推測，繼
起作者究竟要選擇那一種類型創作（或別為開
發新的類型），多少也有個譜可以參考，這就
不再多說了。

孔辯

一、引言

　　卷五〈聖人非聖錄〉一篇所敘孔子在為人上略有黏滯處，特許以「方便借鑑」看待，毋須膠柱鼓瑟相戾。此地則另加翻轉而光就他的行止予以置辯，依載記得如此正面肯定，就是：孔子乃不出世的高德者，影響我國文化既深且遠，誠無人能僭越相逮。依理後人雖然無緣親炙他的教誨，但讀他的書，想他的誼行，也如同隨侍在他的左右。往昔孔門弟子嘗盛讚孔子的精神和境界，如顏淵說「仰之彌高，鑽之彌堅，瞻之在前，忽焉在後」（《論語·子罕》）／子貢說「夫子之牆數仞，不得其門而入，不見宗廟之美、百官之富。得其門者或寡矣」（《論語·子張》）／有子說「出於其類，拔乎其萃，自生民以來，未有盛於孔子也」（《孟子·公孫丑》）／曾子說「江漢以濯之，秋陽以暴之，皜皜乎不可尚已」（《孟子·滕文公》）等。由

此可見，孔子人格的崇高、德行的宏富，世罕有可匹敵者。而綜觀孔子所以能致此德業，無不是從涵養和歷鍊得來。他一生好學不倦、努力行道，是成功的要訣。而該成功的背後，當有幾股力量在推動著：一為天命可畏；二為仁道不易；三為聖德難備。孔子便是以此自期期人，行有不得，則反求諸己而無所怨尤。茲試為敘述如後。

二、天命可畏

《鶡冠子·天權》說：「神之所形謂之天。」天所命是為天命。孔子自述「五十而知天命」（《論語·為政》），五十始知天命，明天命難知，等閒者或有不及。至於天所命於人的，大概指仁義禮智心性。如董仲舒所論：「天令之謂命……人受命於天，固超然異於羣生……貴於物也。故孔子曰：『天地之性，人為貴。』明於天性，知自貴於物；知自貴於物，然後知仁義；知仁義，然後重禮節；重禮節，然後安處善

；安處善，然後樂循理（安處善／樂循理，就是
智事）；樂循理，然後謂之君子。」（《漢書‧
董仲舒傳》）知道自己有得於仁義禮智心性，
極力踐行，這就是孔子所述的知天命。他還說
「不知命，無以為君子也」（《論語‧堯曰》）
。不知天命的人，不會敬畏天命；君子知天命，
所以也會敬畏天命。所謂「君子有三畏：畏天
命，畏大人，畏聖人之言。小人不知天命而不
畏也，狎大人，侮聖人之言」（《論語‧季氏》
），孔子既知天命，也很敬畏天命，因此一生栖
栖皇皇，為行道而奔走四方。看他去魯走衛，
畏於匡，困於宋，厄於陳蔡，心中恆念著天命。
所謂「天之未喪斯文也，匡人其如予何」（《論
語‧子罕》）／「天生德於予，桓魋其如予何」
（《論語‧述而》）等，可見一斑。孔子深知天
命可敬畏，於是不時自我省察以「下學而上達
」（《論語‧憲問》），希冀天能明鑑他的衷心
，從未因行有不得而反怨於天。既然不怨於天
，自然也無尤於人道理。所謂「道之將行也與
？命也；道之將廢也與？命也。公伯寮其如命

何」（《論語・憲問》），道的行廢既有命在，怨人又何濟於事？

三、仁道不易

人所受命於天的，以仁道為優先高貴（比義禮智略勝一籌）。孔子就終身奉行不渝，並以此教誨人而不厭不倦。他多次自勉道：「君子憂道不憂貧……君子謀道不謀食」（《論語・衛靈公》）／「君子去仁，惡乎成名？君子無終食之間違仁，造次必於是，顛沛必於是」（《論語・里仁》）。然而，仁者在於「己欲立而立人，己欲達而達人」（《論語・雍也》），離此則不是仁者。所以顏淵／仲弓／司馬牛／樊遲等人，孔子分別答以「克己復禮」／「出門如見大賓，使民如承大祭；己所不欲，勿施於人；在邦無怨，在家無怨」／「其言也訒」／「愛人」等（《論語・顏淵》），這些都是「己立立人，己達達人」的事。在門人中，除了顏淵能三月不違仁，其餘僅日月達致而已（如果決勇敢的子

路／幹練多藝的冉求／可南面王的冉雍等，孔
子只稱許他們的才能而不及仁者）；而在外人
裏，只有微子／箕子／比干／管仲諸位略具仁
行（連忠心耿耿的令尹子文／潔心去亂的陳文
子等，都不得以仁名），可見仁道不易臻致（或
少於天賦或短於發揮）。明識者的一片苦心，
就繫在此中而百折不回。孔子自己周遊列國長
達十四年，便是積極在推行此一仁道；但徒然
無所遇合，而大嘆「道不行，乘桴浮於海」（《
論語・公冶長》）！不過，他始終不因此怨天尤
人。《論語・衛靈公》載：「在陳絕糧，從者病
，莫能興。子路慍見曰：『君子亦有窮乎？』子
曰：『君子固窮，小人窮斯濫矣。』」此時能固
守窮困，則不怨天尤人可知。其實，道不行，一
為天所宿定（有原因但未明），一為人所阻礙，
孔子反求諸己，只想要彰顯大道難行，又何必
怨尤天和人？

四、聖德難備

行道至極，便入聖境（仁行強化版）。《論語·雍也》載：「子貢曰：『如有博施於民而能濟眾，何如？可謂仁乎？』子曰：『何事於仁，必也聖乎？堯舜其猶病諸！』」博施濟眾，為聖人行事，則該聖德難備，自不言可喻。孔子屢次敍及「若聖與仁，則吾豈敢？抑為之不厭，誨人不倦，則可謂云爾已矣」（《論語·述而》）／「德之不修，學之不講，聞義不能徙，不善不能改，是吾憂也」（《論語·述而》）／「君子疾沒世而名不稱焉」（《論語·衛靈公》）等，疾沒世而善名不著，憂德不修，行仁聖不厭，無一不是反求諸己。他所以要反求諸己，乃此德難全的緣故。孔子律己如此，教人也如此。所謂「不患無位，患所以立」（《論語·里仁》）／「不患人之不己知，患其不能也」（《論語·憲問》）／「攻其惡，無攻人之惡」（《論語·顏淵》）等，孔子說的這些話雖然平淡無奇，但要點都在勸人積德，以免有默默而終的遺憾！《論語·泰伯》中載有甚多孔子讚美堯舜禹諸先王的近似德業，如「大哉，堯之為君

也。巍巍乎！唯天為大，唯堯則之。蕩蕩乎！民無能名焉。巍巍乎！其有成功也。煥乎！其有文章」／「巍巍乎！舜、禹之有天下也，而不與焉」／「禹，吾無間然矣！菲飲食，而致孝乎鬼神；惡衣服，而致美乎黻冕；卑宮室，而盡力乎溝洫。禹，吾無間然矣」等，這都寄寓有見賢思齊的盛意在。顯然行有不得，就是聖德未備，反求諸己都時間不夠了，那裏還能去錯認天人發出怨尤？

五、結語

　　孔子知天所賦予人的仁義禮智心性，終身踐履而不遺餘力；他教誨人知天命，以晉身君子正流（而進益為仁者聖人），也可謂苦口婆心。由知天命，進而敬畏天命，則絕無妄自為非餘事，反能增強自省的功效。當孔子探視冉伯牛的惡疾及獲知顏淵夭折時，所流露出來的好人無好報／英才早逝的感嘆以致呼天喊命（《論語・雍也》／《論語・先進》），實在比他

生平的困厄還難以消受。但也僅是哀傷痛惜，
此外又能如何？天命的可畏，豈是一個怨字所
能道盡？再者時君世主，縱然好惡殊方，卻不
知踐行仁道，顯示孔子整天跟人談論仁道只是
自家倡導，而無人響應。這本可據以埋怨人謀
不臧，但他深覺仁道體大，不是時人所能盡識
，所以只教人多反求諸己而不貪圖近功，免得
誤入怨悱嗔怪歧路。還有聖德不彰／善名不著
，是孔子的一大憂慮。他亟於復夢見周公（《論
語‧述而》），以及慨嘆「鳳鳥不至，河不出圖
，吾已矣夫」（《論語‧子罕》）等，著實深寓
此中憚意。可見在此一應事上，更足以看出孔
子求全的欲念：於自律律人之際，都以反求諸
己為所崇尚。他說的那句「不怨天，不尤人」（
《論語‧憲問》），在這裏最不需要羅列明證。

英雄劫

自古英雄，或以氣節風範長留人間；或以豐功偉績澤被後世；或以文筆詞章感悟蒼生。他們所以能成功，除了受到外在特殊環境背景的牽引，他們本身內在豐富的學養經驗也是成就美名的重要因素。

秦朝末年，政失民散，四方豪傑蠢起，共逐秦鹿。值此風雲際會時刻，項羽以楚將之後，統帥諸侯兵對抗暴秦。不到三年，便滅亡秦祚，分裂天下而封王侯，政由己出，號為「西楚霸王」。當時項羽叱吒風雲，不可一世，儼然千古第一英雄。誰知嬴秦剛去，隨即變成楚漢相爭的局面，致使項羽不得安坐寶位。五年後，終敵不過劉邦而自刎身亡，結束了霸王大業。綜觀項羽一生，但有英雄氣概而無英雄的智慧和胸襟，以致功敗垂成，徒留予後人無限的感喟和惋惜！

據史書所載，項羽身材魁梧，力能扛鼎，才氣過人，但不好學：「項籍少時，學書不成，去

學劍又不成。項梁怒之。籍曰:『書足以記名姓而已。劍一人敵,不足學,學萬人敵。』於是項梁乃教籍兵法。籍大喜,略知其意,又不肯竟學。」(《史記·項羽本紀》)區區數十字,為項羽一生成敗透露出了玄機。往後楚漢相爭,項羽所以處處受挫於劉邦,恐怕他不肯學書習術是關鍵。這在鴻門宴中,不聽范增諫言生擒劉邦,最足以顯示他智慮有所不及。縱虎歸山／養癰貽患為古人所忌諱,現今項羽竟然未察劉邦貪圖天下的野心而坐視他從容遁去,無異於自植禍根。難怪范增要大發慨嘆:「豎子不足與謀!奪項王天下者,必沛公也,吾屬今為之虜矣!」(《史記·項羽本紀》)還有項羽滅秦後便行封建,所封王侯都是親故,而跟他有嫌郤的一概不得封;尤其以不依約封劉邦為秦王,最見徇私。於是行封未幾,齊趙先叛,繼而劉邦率五諸侯兵伐楚。當時項羽背反秦郡縣制度而行封建,形勢已不當;又諸侯返回居地,不受楚命,紛亂再起,豈是項羽一人奮臂所能強擋?正因為諸多舉措失宜,所以給了劉邦許

多反擊的機會。類此事不師古的情況，也發生
在他政治的運作和戰略戰術的使用上。項羽初
起時，跟他叔父項梁合謀誅殺會稽太守殷通，
已見他好殺的本性。到了攻下襄城後，盡阬城
中人，實在令人髮指。此後又跟黥布／蒲將軍
計擊秦卒二十餘萬人而阬於新安城南，也近幾
瘋狂。最終引兵西屠咸陽，殺秦降王子嬰，燒
秦宮室，掘始皇墓，收擄他的貨寶婦女而歸，
則跟狂徒暴民並無兩樣。項羽失去民心，大概
自此開始；而後擊齊，伐彭越，所遇殘滅，民心
更加不附。可見項羽不知轉用政治手腕以安撫
民心，反而處處樹敵，自尋絕路，此實自古所
未見。在廣武對陣時，劉邦直數項羽十罪（《史
記·高祖本紀》），可謂切中他的要害。又項羽
驍勇善戰，兩軍交戰，漢軍多居劣勢，劉邦也
數度慘敗而逃竄如喪家之犬。但楚軍雖然強悍
，卻有多次戰略失當：如劉邦還定三秦時，項
羽不該相信張良所致齊反書而發兵擊齊，因為
齊內亂甫定，無力南侵，應併力西向以擒劉邦
，天下可定；又如楚漢相距滎陽數年，項羽不

聽范增謀畫一鼓作氣以取漢，而頻頻東顧韓信／彭越軍，則是自失良機。再說他的戰術也不甚高明，《史記·淮陰侯列傳》載「項王喑噁叱吒，千人皆廢；然不能任屬賢將，此匹夫之勇耳」，項羽憑仗勇力絕世，衝鋒陷陣，拔旗斬將，所向無敵。但徒有蠻勇而不見智慮：這在他背水一戰前，想跟劉邦單挑以決勝負，而被對方奚落詆斥，尤為顯得黔驢技窮，不免為識者所竊笑！項羽部將龍且伐齊，由於輕敵而被韓信軍擊殺於濰水上，也是犯同一毛病。他的戰術如此，僅能建立暫時的汗馬勞績，絕對無法圖謀長久的豐功偉業。反觀劉邦知道楚人慓悍，不跟他們爭鋒，而運用迂迴的戰術迫使屈服，顯得技勝一籌。

項羽除了腹笥甚欠智不如敵手，在待人和用人方面也缺乏一個領袖應有的氣度。韓信評道：「項王見人恭敬慈愛，言語嘔嘔，人有疾病，涕泣分食飲；至使人有功當封爵者，印刓敝，忍不能予，此所謂婦人之仁也。」（《史記·淮陰侯列傳》）陳平也評道：「項王為人，恭敬愛

人，士之廉節好禮者多歸之。至於行功爵邑，重之，士亦以此不附。」（《史記·陳丞相世家》）他待人如此拘吝，不足以成大事。這相較豁達而好施的劉邦，確是遜色許多。還有項羽才氣出眾，自矜伐功，且善猜忌，使人求備，以致謀士多亡散。《史記·陳丞相世家》載「項王不能信人，其所任愛，非諸項即妻之昆弟，雖有奇士不能用」，因此他麾下的人才多亡楚歸漢（如韓信／陳平等人），但剩亞父范增一人而已。然而，僅此一股肱也不能信賴到底，乃在急圍滎陽時中漢反間，使范增含恨求去，於返彭城途中疽發背而死。由此可知，胸襟狹隘，剛愎自用，也是項羽的致命傷。這跟廣納豪傑智士而能知人善任的劉邦相比，又不可以道里計。

即使如此，項羽也可算是一世的英才。他勇猛過人，自不必具論；他臨死不屈的氣概，恐怕世所罕見。《史記·項羽本紀》載他陷於東城時，自度不得脫困，乃對諸騎說：「吾起兵至今八歲矣，身七十餘戰，所當者破，所擊者服，

未嘗敗北，遂霸有天下。然今卒困於此，此天
之亡我，非戰之罪也。今日固決死，願為諸君
快戰，必三勝之，為諸君潰圍，斬將刈旗，令諸
君知天亡我，非戰之罪也。」說罷，便馳馬奔突
，搴旗斬將，漢軍盡為披靡。此舉固然無法稍
挽頹勢於萬一，但他決死的勇氣十足，仍不失
英雄本色。又項羽具有強烈的自尊心，也不是
常人所能企及。當他轉戰到烏江畔，烏江亭長
整船著岸以待，力勸急速渡江，以圖東山再起
。他卻笑著說：「天之亡我，我何渡為！且籍與
江東子弟八千人渡江而西，今無一人還，縱江
東父兄憐而王我，我何面目見之？縱彼不言，
籍獨不愧於心乎？」（《史記‧項羽本紀》）他
堅決不渡江，且將所愛馬贈予對方，自己跟部
下步行，持短兵接戰，獨殺漢軍數百人，身被
十餘創，最後自刎在故人呂馬童面前，以償呂
氏向漢王邀賞的宿願。自重如此，誠足以愧煞
一般貪生怕死者！杜牧有詩詠此事說：「勝敗
兵家事不期，包羞忍恥是男兒。江東子弟多才
俊，卷土重來未可知。」（〈題烏江亭〉）這真

不解項羽的為人。在可渡和不可渡之間，實有自尊心在，豈可勉強他偷生而自沮壯氣？只是項羽的天生英豪（上天只默許他如此），不能經由澄明的智慮和恢闊的胸襟予以昇華，最為遺憾。看他受困垓下時，對美人慷慨悲歌：「**力拔山兮氣蓋世，時不利兮騅不逝。騅不逝兮可奈何，虞兮虞兮奈若何！**」（《史記·項羽本紀》）而上天未曾連帶啟導他悟知失敗的真正原因（命定劫難），讓人嘆惋不已！

理情這廂

一、引言

人生來，即刻要面對兩種環境：一是由風雲變幻／草木消長所組成有形的自然環境；一是由禮儀規範／法律制度所限定無形的人為環境。在遠古時代，社會單純，人所設保護自己的措施比較粗疏，所以特別關注自然環境以謀自己的生存。後來社會漸趨複雜，人所設保護自己的措施也比較嚴密，因此轉而關注人為環境以謀人我的和諧。自然環境所考驗人的多在生存層面，人為環境所考驗人的多在活動層面，二者有輕重的差別。人為生存而去面對自然環境時毋須太多的顧慮，但為活動而去面對人為環境時卻必須竭智盡慮／全力以赴。就在這種權衡利害得失的一刻，人心靈中素具的理智／感情二端便各自發揮它們的影響力。有人理智勝過感情，處理人際關係多見游刃有餘；有人感情強過理智，處理人際關係立顯捉襟見肘

。二者在面對自然環境時本無優劣可言，但在面對人為環境時即刻有工拙分別。這類跡象，在傳統儒道二家人物的身上多斑斑可考。今不揣譾陋，試以理智／感情一組概念，談談儒道二家可以型錄的處世態度，姑且藉以提供深處在人為環境中者自我省察時參考。

二、理智／感情的定義

在平常的情況下，人都憑直覺過生活。雖然有點理智或感情的作用，但不是很強烈讓人感覺到它們的存在。反過來，在特殊的情況下，人的理智或感情的作用，就會明顯左右人的行為，而給人的感覺也迥然有別。常人習慣說「某人極為理智」／「某人感情用事」，就是對這種現象所下的判斷。然而，理智／感情的差別究竟在那裏？茲以朋友來訪一事為例，如果某人見此友來訪，熱切招呼，延請入座，席間噓寒問暖，殷勤款待，唯恐失禮而傷了友誼，則可認定此人的行為是出自理智的。如果某人

見此友來訪，不察顏觀色，也不窺知對方心理，只自顧自滔滔不絕的講話，而眼中似乎未有此友的存在，則可認定此人的行為是出自感情的。這個例子也許不是很恰當，但大略可以看出二者的差別。順著這一方向來說，所謂的理智，是指凡事能夠盱衡全局，處置妥當，並且知道克制自己，以促成整體的和諧的一種心理反應；所謂的感情，是指凡事不經（不願）分辨，直意而行，並且不能夠（不願）約束自己，以期望整體的完美的一種心理現象。當然，這裏的理智有別於思考。思考有時是單線的，有時是雙線的，有時是多線的，並不一致；而理智永遠是多線的，或可稱作「多線的思考」（感情用事的人也有思考，但只是「單線的思考」）。這裏的感情也有別於對人關懷／憐憫的那種情愫。對人關懷／憐憫的情愫會因人因時因地殊異，而這裏的感情則否。

三、理智處世型錄

　　倘若要從各家各派中找出一典型的理智性
人物，那麼大概只有儒家的大宗師孔子了（這
可從《論語》所記載孔子的言論／行為，作此
推論。至於孟子一心學孔子，本也可算在內，
但《孟子》書中多滔滔雄辯，很少見到孟子實
際的行事，所以暫時捨棄孟子不論）。孔子一
生的理想，除了引導眾生上契仁聖的道德境界
，還要實現一個君君／臣臣／父父／子子的安
定和諧的社會（《論語・顏淵》載：「齊景公問
政於孔子，孔子對曰：『君君，臣臣，父父，子
子。』公曰：『善哉！信如君不君，臣不臣，父
不父，子不子，雖有粟吾得而食諸？』」君臣父
子為天地間一大秩序，實在不容紊亂，而孔子
最先要去維繫的便是此一大秩序）。道德境界
／安定和諧的社會本為一體（道德境界的具體
展現乃為安定和諧的社會；而安定和諧的社會
最終歸趣就在道德境界），只是道德境界屬於
抽象的層次，並非有一實體可以感覺，而安定
和諧的社會為一實際的現象，經由感官便可察
覺，所以孔子終身多致力於彰顯這一安定和諧

的社會而較少去揭露那先驗窈渺的道德境界。
茲以《論語》所載幾個事例來作說明：

　　孔子謂季氏八佾舞於庭：「是可忍也，孰
　　不可忍也？」（〈八佾〉）

　　三家者以雍徹。子曰：「『相維辟公，天
　　子穆穆』，奚取於三家之堂？」（〈八佾
　　〉）

　　定公問：「君使臣，臣事君，如之何？」
　　孔子對曰：「君使臣以禮，臣事君以忠。
　　」（〈八佾〉）

以上三例，都是就君君／臣臣二環而發；由此
二環，又可導出父父／子子二環，環環相扣，
則人間的秩序終於可以底定。孔子本人的行事
，無不跟這一理念相應。如《論語・八佾》載「
子入太廟，每事問」，為助祭而先熟悉禮儀，則
臣職不廢。又如《論語・鄉黨》載「君命召，不

俟駕行矣」，不怠君命，則臣道無缺。此處以臣顯君，則君道不言可喻。孔子嘗示人以孝弟根本「弟子入則孝，出則弟，謹而信，汎愛眾，而親仁。行有餘力，則以學文」（《論語・學而》）；而自己也篤實踐履不已「或謂孔子曰：『子奚不為政？』子曰：『《書》云「孝乎惟孝，友于兄弟」，施於有政，是亦為政，奚其為為政？』」（《論語・為政》）此處也以子顯父，則父道昭然可知。至此人道已畢（另有夫婦／兄弟／朋友三倫，相對上比較單純，毋須特別提出討論），只待上達天道，就由此初次安定和諧的社會再昇華為道德境界，二者融合為一，了無痕跡。孔子畢生職志就在此地；而他所以能對一切事物通徹明白，照應周到，完全得力於理智的衡鑑灼照。離開此事，則無以見出孔子所以別於他人的地方。

四、感情處世型錄

　　相對於理智的態度，就是感情的態度。傳統道家中的莊子，可以說是一典型的感情性人物（照理老子為道家的創始人，也該提出說明；但《老子》一書純為論說，不像《莊子》常以事例顯意那樣深切明白，所以這裏不以老子作例子）。莊子學說的重點在於泯滅一切分別心，消除人為的造作／充滿人間的苦痛煩憂，而臻致「天地與我並生，而萬物與我為一」（《莊子·齊物論》）的渾全的原始境界，以及絕對逍遙的常樂境界。為了達到這個目的，莊子全然不去分辨事物的是非善惡，一切純任自然而行，絲毫不受社會規範的束縛。在他看來，人一誕生，便有形軀的限制、人我的離間，以及得失心的拘圍等，所以他要解除這些限制拘圍，而以「至人無己」／「神人無功」／「聖人無名」（《莊子·逍遙遊》）的態度來應世，並且更進一層在精神上達到齊彼我／和是非／一生死的境界。人間所有的藩籬都解除（漠視）後，便可獨來獨往而無任何的牽掛。《莊子·至樂》載莊子妻死他鼓盆而歌，以及《莊子·列禦寇》載

莊子將死他不欲弟子厚葬等，就是明證。莊子
這種純任己意獨斷獨行的態度，可以說它是出
自感情的，迥異於出自理智那般戰戰兢兢而唯
恐稍有過失。但這種態度只有一己受用（就是
達到個人完全的解放），不足以應付現實的環
境（《莊子·外物》載莊子家貧，往貸粟於監河
侯而遭到對方調侃，豈不顯示莊子這種感情的
處世態度也有所窮呢），也難以對整體的社會
有所幫助。因為現實的環境問題多而複雜，不
是這種單純的態度可以應付得了；而整體的社
會需要禮法的維繫，但求個人的解放並無濟於
事。

五、理智／感情的辯證關係

　　理智／感情看似兩個極端，其實不然。人
的心靈（或意識）中本有這兩端，由於對外界
事物的感受不同，反應自然不一致。有人正視
了外界事物的差異性及可變性，想辦法把它理
出一個頭緒來，這時理智的作用就發生了。反

過來，有人不正視（或忽視）外界事物的差異性及可變性，不想辦法把它理出一個頭緒來，這時感情的作用就發生了。雖然如此，理智／感情不可避免也有交錯的現象。換句話說，理智型的人偶爾會流露出感情，而感情型的人也要先經理智的催化。像孔子那樣理智的人，在聽完曾皙的述志後，慨然嘆道：「吾與點也！」（《論語・先進》載「（曾皙）曰：『莫春者，春服既成，冠者五六人，童子六七人，浴乎沂，風乎舞雩，詠而歸。』夫子喟然嘆曰：『吾與點也！』」）這一喟嘆，不無透露著因理智為用而受挫後的倦怠感，亟欲抒解自己，徜徉於廣闊的天地間，任隨造化而行，不再煩惱人世的種種問題。只是孔子的使命感深重，儘顯出理智的一端而抑制了感情的一端。至於莊子雖然屬於感情型的人物，但它一切作為也是先經理智的觀照，最後才拋棄理智一端而選擇感情一端。這從他力闢世俗的各種格套障蔽，可以看出他的明辨的工夫。只是在一切的辯難後，莊子抱定了感情的應世方式為他最終的依歸，跟孔

子自是背道而馳了（這裏只論他們的處世態度
，而不論他們學說的旨歸。倘若論他們學說的
旨歸，當然是一致的。《漢書·藝文志》引《易
》說：「天下同歸而殊途，一致而百慮。」儒道
兩家的出發點雖然殊異，但為臻於天下太平的
歸趣則一致而無疑）。

六、結語

　　依上所論，人的處世態度縱使有這兩種典
型，但它們並不是不可改變的。我們可以減弱
理智意識而強化感情意識，也可以強化理智意
識而減弱感情意識，畢竟這一切變化都是權在
自己的操縱。然而，在反省儒道兩家的代表人
物後，卻發現一個現象：他們不是理智意識太
強，就是感情意識太強，以致後人學步，多躑
躅在入世／出世間而虛度了大好時光。既然理
智意識／感情意識都是人心的作用，何不將二
者予以調和，而適時展現一圓融的風貌！由儒
道兩家所引發的這個問題，多少能夠給我們這

樣的啟示：想在人世間過得快樂而有意義，理
智／感情實在不可偏廢；至於怎樣融會理智／
感情才算恰當，這得由大家依需且循徑去找尋
答案，此地就暫不越俎代庖了。

景銘錄

一、引言

　　樹德科技大學通識教育學院楊秀宮教授所申請教育部學術倫理課程發展計畫，繼開設「義利思辨與實踐」課程後又開設「倫理與社會」課程，已於今年（2017 年）6 月執行完畢。本人有幸獲邀為觀察者，僅就一己旁觀及局部參與所得略陳於後，以見一門深具創思課程的展演情況。

二、在後全球化時代中定位

　　楊教授於前期開設的「義利思辨與實踐」課程，所設定教學目標為「鼓勵學生研讀經典，理解義利思辨，並建構具有實踐涵義在內的價值觀……結合學術研究倫理在學習與研究中進行義利的思辨，讓學生經由義利的思辨，進而完成自我價值觀的建構並身體力行」，而此次

「倫理與社會」課程所設定的教學目標為「探討當前社會中的倫理問題，首先探討主要的倫理學理論，然後再討論應用倫理部分，內容包括企業倫理、網路倫理、環境倫理、性別倫理、家庭倫理和職場組織倫理等。期待學生在此課程中能發展出道德倫理觀，培育倫理論述能力，以及批判能力，並將習得的道德觀念應用到具體的社會實例上」，可知它是相續且更為廣面，很有後全球化時代大環境亟欲見著新議題開闢的意義。

所謂後全球化時代，乃指西方人所主導全球化（全球性的人口、金融、資訊科技和商品等的流動現象）歷經幾個世紀的衝撞，已經快到強弩末端了。而當今許多綠能經濟的倡議，以及諸如中國、印度、巴西和非洲等的崛起，不啻在預告全球化必須走向下一步了。只不過綠能經濟所強調的再利用和開發新能源等觀念和作為，還是老套（僅是轉成綠色資本主義罷了），並非真有助於終結能趨疲（entropy，熵）的危殆；而第三世界的崛起，儼然一切以重構

文明或再造文明的新意識在主導經濟和科技的運作,但情況卻無法這麼樂觀,因為西方強權所帶動的全球化就要耗用完地球的資源,第三世界崛起除了拾人唾餘,還得分攤環境汙染和生態失衡等後果,根本沒有什麼遠景可以期待。因此,所謂後全球化的後(全球化的下一步),它的意義就得越過這一新經濟和西方強權轉弱的假象而從緩和全球化甚至唾棄全球化來貞定。

據此,楊教授開設的「倫理與社會」課程所多方關連的科技、網路、企業、環境、職場、性別、婚姻、家庭、醫學和生命等倫理課題,就在相當程度上契合了後全球化時代的思考方式。也就是說,為了緩和全球化甚至唾棄全球化,所需的切入點無非就是上述科技、網路、企業、環境、職場等倫理層面的深刻或從新省思,致使該議題設定在哲學層次上就有優入後學的意味。

三、倫理社會化的轉進需求

由於綠色經濟興起依然在加深能趨疲的危機，而反全球化的聲浪又不能不積極高揚，導致倫理受社會制約的「倫理社會化」通見所解決不了新問題的，勢必都要轉向趨進，一切以能開創新局面為標的，從而顯示「社會倫理化」新思維的自主性和理想性。

這在楊教授設定課程預期學生所習得的能力中已經透出端倪了：「（一）了解倫理學的基本概念、原理，及其與社會的關係；（二）探討當前的倫理問題和所關懷的議題；（三）正視當前社會的倫理問題，發展出自己的價值觀、道德觀」。尤其是第三項，楊教授有特別的說明：「發展自己的價值觀、道德觀，一直以來都是倫理相關課程的核心價值。但要如何開展？這最先的要務是學習摒棄功利的框限？或說學習如何不受外來不當利益的誘惑？從學習的角度，並不強調以法加以禁止，而是結合建構式的教學方案讓學生釐清自己的價值觀。學生經由是非、對錯的分辨與省思，建構屬於自己的價

值觀，形成自我理解和自我開展。」這就相應
了「倫理社會化」必要轉向「社會倫理化」以求
自我進益及其終能有功於社會的觀念。在祈使
上，縱然學習者仍在摸索階段，未必會有多深
思辨取則能力而讓自己站上領導風尚的頂峯，
但只要有此欲力不減，在建構出新的價值觀和
道德觀後，總有一天能夠看到開花結果而影響
了社會的進程。可見楊教授的高瞻遠矚，總能
有效的把課程帶到「向上一路」而顯得與眾不
同。

　　此外，楊教授並未以開發「倫理與社會議
題」為已足，而是還擴及「融入學術、研究倫理
」的實作（並有案例解析，如「2016 年 2 月，
某生技股份有限公司與中央研究院簽訂技術轉
移，研究開發乳癌醫療藥品。實驗與解盲不如
預期，卻牽扯出誇大研究成效、不法牟利等疑
雲」之類），這對「社會倫理化」能否成形也有
某種程度的激勵或促進作用。原因就在楊教授
所期待「學生在自己的學習與研究報告進行中
，留意學術與研究倫理」（學生寫作報告，應避

免為求便利而在報告裏虛構不存在的資料或研究成果，以及不實變更研究資料或研究成果等造假／變造情事出現），等於點出了現實中投機行為的不可久恃（那不僅會違背研究倫理，而且還可能演變成法律訴訟案件），而得自鑄良善典範來引導社會風氣，用心已經在終將「社會倫理化」的預演行列裏。

以詩來譬況，如果說「在後全球化時代中定位」是為詆斥「浮名浮利濃於酒，醉得人間死不醒」（宋呂純陽詩），那麼「倫理社會化的轉進需求」就是「山重水複疑無路，柳暗花明又一村」（宋陸游詩）而大可寄望於「社會倫理化」的實現了。楊教授的課程設計，可說苦心孤詣，精銳盡出。

四、社會倫理化新倡及其可藉用的資源

現時社會需要新的倫理來領航（以確立「社會倫理化」的新觀念及其理論推演），而新倫理可藉用的資源則在東方。理由是想要緩和全

球化甚至唾棄全球化此一後全球化的後思維乃
亟需有東西來填補當中所會出現的思想空缺。
對於這一點，實際上西方社會也不乏有識之士
而一直在預測未來，包括地緣政治對世人的思
考和政治的影響、社會和科技等多種力量同步
發生且交叉互動的超鏈結趨勢，以及顧客導向
、擁抱文化變革、例外管理、創新和以價值為
基礎的策略聯盟一類企業革新方向等，這些都
是盼望舉世一起產生效應且已由弗列德曼《未
來一百年大預測》、葛蘭德《領你預見未來》和
史登《全球新政──氣候變遷下的世界經濟改
造計畫》等書大為揭發的；但他們從來不知道
或不正視，這樣下去如何保證地球的資源不會
耗盡和大家的生存空間不再有任何的風險。因
此，緩和全球化甚至唾棄全球化以掃除這類的
盲目性，也就得由非西方社會的人從中濟助，
對未來有一番別為前瞻的預測。

　　這一部分，則有待於多加寄望教學實務帶
進文化治療的方案而予以開展。它在觀念系統
以「能趨疲觀」為新的世界觀，並且改以「恐懼

生態崩毀」為終極信仰；然後在規範系統極力
於「綰諧倫常」，以及在表現系統和行動系統分
別「但取和諧優美的表現方式」和「降低再降
低對資源的需求」等。很明顯的「降低再降低
對資源的需求」是兼取則於印度佛教所開啟的
緣起觀型文化；而「綰諧倫常」和「但取和諧優
美的表現方式」等則全矜式於中國傳統氣化觀
型文化。至於能趨疲世界觀乃獨盼西方創造觀
型文化自我退卻後必要孳生的（因為該熱力學
第二定律熵也是醞釀自西方世界，創造觀型文
化得反向而行才會跟它相應），合而展現一種非
割裂式的整體文化治療取向，並且從新以「恐
懼生態崩毀」為終極信仰所在。而由此也可見
，新方案所取鏡於氣化觀型文化特多，證實了
我個人經常強調中國傳統氣化觀型文化足堪濟
世的論點（詳見拙著《文化治療》）。

　　楊教授本身深具哲學廣面和縱深視野，除
了有專著《孔孟荀禮法思想的演變與發展》問
世，在她的計畫申請書裏還羅列近三年內甚多
重要論文，包括〈大陸對兩岸文化交流協議的

構想與具體方案之可行性分析：臺灣的觀點〉、
〈問題解決策略：「三思」而行〉、〈通識教育革
新的一個哲學立場〉、〈「大一中架構」對兩岸關
係發展影響與評估〉、〈荀子倡議「不求知天」
的意義與價值——轉向「統類」思維的研究〉、
〈淺談通識教育的「整全性」關注〉、〈淺談「技
職通識」的複製形象與革新願景〉、〈「倫理教育
」的學理選取與整合——一個研究與教學歷程
的報告〉、〈孔子「克己復禮」的成德之教〉、〈
對峙與對話之後——從「統一論點」轉向「統
類觀點」的思索〉、〈通識教育革新的一個哲學
立場〉、〈試論「義利思辨」在經濟發展中的意
義——以孔孟荀義利觀為例〉、〈試論「靈性教
育」乃通識課程的核心價值〉、〈「職場倫理」的
教與學——結合「義利思辨」的論述〉、〈「覺」
的一個嘗試性詮釋——從「解脫智慧」到「新
生活開始」之說明〉、〈兩岸關係的進展與變化
——轉向「中庸」新觀點的思索〉和〈人與技術
：淺談「技術」的多元義涵與效能〉等，顯然這
從「義利思辨與實踐」課程到「倫理與社會」課

程的一貫教學實踐所要彰明「社會倫理化」識見及其倡議的，在藉用資源上毫無疑問的已儘多取則於自我所屬文化傳統（楊教授近五年內還主持執行過多項專案計畫，諸如「2012 年兩岸和平論壇專題研究計畫」、「兩岸文化交流協議專題研究計畫」、「兩岸簽訂文化交流協議可行方案之探討」、「教育部 102 年公民核心能力養成計畫」和「104 年度學術倫理課程發展計畫」等，這在研究與教學經驗累積上也多能相輔見功）。因此，「落紅不是無情物，化作春泥更護花」（清龔定盦詩），也就頗可以譬況此中從取論到開課的真義，而足夠旁人來仰望借鏡了。

五、優先期待應驗的對象

依「社會倫理化」的實質需求，自然會有優先期待應驗的對象，好比「科技趨緩或抵拒機制的形現」、「企業跟資本主義分流告別」、「性別權力的創異式伸展」和「生命痛苦指數的文

化性轉換」等課題的思辨，無乃是當中的急務
。而這在楊教授的課程設計中，已經先有措舉
如「性別議題方面」、「新藥開發議題」和「兩難
論題」等，爾後則盡情鋪展於課程內容的定格
中，包括「智慧財產權觀念宣導／課程能力指
標簡介；課程大綱介紹」、「倫理學意義／融入
學術研究倫理的用意與效果」、「倫理學理論與
派別／義務論與效益論」、「現代社會的特徵」、
「科技倫理／科技不注重學術、研究倫理的事
例──人猿戰士的例子」、「網路倫理／學術、
研究倫理在網路信息大量發布的導正意義」、「
企業倫理／學術、研究倫理如何增強企業的社
會責任」、「環境倫理／環境保護議題與專家學
術、研究倫理與環境污染的糾正」、「職場倫理
／銷售問卷、個資與學術、研究倫理」、「性別
倫理／演講『性別尊重與研究倫理的提倡』／
性別研究與學術研究倫理的融入」、「婚姻倫理
／家庭訪談──『參與研究』及學術倫理」、「
家庭倫理／傳統倫理的承續與批判」、「醫學倫
理／學術、研究倫理與不傷害原則」、「生命倫

理：談自殺防治╱從個案研究談學術、研究倫理的重要性」、「生命倫理：談憂鬱症╱心理諮商與學術、研究倫理」和「後現代倫理與智慧」等。

　　上述是依週次安排的課程，在先後秩序上已可見難易漸進的邏輯性規畫。而為了強化學習者的興味和學習成效，楊教授還詳為甄選列出參考書目（並指明優先閱讀的篇章），所見有嚴祥鸞主編《危險與秘密──研究倫理》、黃光國《倫理療癒與德性領導的後現代智慧》、王昆來等主編《企業倫理新論》、嘉義大學家庭教育研究所《婚姻與家庭》、戴正德等編撰《認識醫學倫理》、李是慰譯《研究倫理──以人為受試對象》和莫嘉廉等《職場倫理》等（另有楊教授和他人的單篇論文，如〈「性別正義」的哲學思索與社會意義〉、〈儒家孟荀學說在生死教育裏的發用意義──以「墮胎」為例之說明〉、〈郭爾保「道德發展序階論」之探究〉、〈紐倫堡公約〉、〈什麼是抄襲？示例說明〉、〈媒體暴力下脆弱的生命〉、〈研究人員學術倫理規範〉和〈

學術倫理案件處理及審議要點〉等）。這些著作
，無疑可以跟課程所講授與討論的內容相證相
發，乃屬於有高度理念支持的精心計慮，效果
當可預期。

　　至於實際教學，楊教授則採取多元的教學
方式，包括小組討論、影片欣賞、演講和案例
分析等，並配合成員腦力激盪，增進大家的實
力。而基本的規範，則是「每一位同學被要求
將自己代入案例情境中，重複思索自己真正的
識見是什麼？原先以客觀立場所做出的批判是
否還有相同的效度？過程中並且不能輕忽傾聽
同儕們的見解，並珍視他人對自己的看法所提
出的意見或建議。案例的情境教學涵融了自我
建構的目標，有助於自我價值的釐清」。最後乃
總縮為「分組討論與心得分享，是觀察彼此間
差異的最好學習方式。學生可以透過分組討論
，了解到不同的學習背景有不同的見解，可以
打破追求『唯一標準答案』的迷思。互動討論
吸取不同立場者的觀點，可以達到兩重效果：
一是了解外在社會普存的羣眾心理與價值取向

；一是有助於釐清自己的選擇標準所在」。整套課程從發想到列陣演出，可謂綿密有加，亟欲改善學術研究環境的企圖心十足。

　　還有在作業設計方面，楊教授的作法也頗見巧思。她極力鼓勵學生對於倫理議題認真探究，所寫作的報告如屬佳作，則予以重視並鼓舞他們分享自己的見解。當中除了在自己的學科課堂裏分享，還儘量安排到其他課堂分享。她認為如此一來，一方面是對學生認真寫作的肯定；另一方面也可以將「學術研究倫理」的義涵傳達給更多的同儕知曉。而基於擔心修課者一時間會茫無所適，她還周到的提供了一些習作的方向，如（一）為什麼需要講究學術與研究倫理；（二）「對當代生命科技的道德評估」需考究科技倫理、生命倫理；（三）保密協定是諮商倫理的一個重要內涵；（四）為什麼需要訂定「人的（人體）測試」的保密協定；（五）為什麼要講究施測者的責任與人類受試者的權利義務；（六）為什麼學術研究倫理涉及保密協定需要法律的保障；（七）為什麼企業界對於社

會有一定的責任；（八）為什麼涉及個人資料的研究與應用，需完備「知情同意」的作為；（九）網路無所不在，現代人應有什麼樣的網路倫理；（十）在職場，內部機密的洩漏、外部問卷調查兼具個資取得，是否違背職場的倫理等。

　　後面這一部分，涉及修課者的學習成效。而依我個人受邀為期末學生成果發表會評論人的就近觀察，則十分確定楊教授所衷心許諾的創意及特殊規畫已然有了著落（楊教授很有知見的鼓勵學生跟專業學習內容結合，如管理學院學生可以進行企業管理與倫理方面的研究或市場行銷方面的訪查；設計學院學生不妨結合設計類的主題；資訊學院學生方便結合資訊維修工作室與網路倫理等主題；應用社會學院學生最好以親子關係或性別正義的主題進行思索等）。而這從修課者的研究報告中，可以看出成效如所預期的一斑。

　　如第一組探討「社會倫理：談憂鬱症」。依「是什麼」、「為什麼」和「怎麼做」等程序，匯集了不少資料和採訪影片，而歸結出憂鬱症患

者有疲憊、缺乏活力、注意力無法集中、健忘、食欲不正常、充滿無力感、缺乏耐心和對健康感到焦慮等症狀；並對憂鬱症的來源略有推測（如經濟低迷、政局動盪不安和競爭激烈等），以及提供抗拒或舒緩憂鬱症的策略（如走出辦公室做健身操、改變負面思維形態、多讀書排遣、自我心理疏導和端正坐姿等）等。這雖然尚未連結社會倫理的課題，但取證有據和維護受訪者的隱私等，都自我體現出應有的學術研究倫理，而印證了課堂所學。

又如第二組探討「科技倫理：個人資料問題」。由「紙本→資訊的演化」、「個人資料保護法」、「取得個人資料的方式」、「從社群網站上取得個人資料的方式」、「個資遺失的實際案例」和「總結：保護個人資料的方法」等六項綱目，依次呈現研究成果，井然有序且能面面俱到。尤其在結尾總提紙本與口頭個人資料的防範方法（包括「資料不隨意告知陌生人」、「講述、輸入個人資料儘量注意周遭是否有人偷看」、「填寫個人資料要謹慎閱讀內容，有無不妥之處

」、「簽訂契約提醒對方不要將個人資料外洩」、
「選擇適合的談判場所，以免資料外洩」和「
身上重要的隨身物件妥善保管，小心遺失」等
），以及網路的個人資料防範方法（包括「不任
意進入危險的網域」、「使用防毒軟體，以免駭
客入侵」、「登入帳號如果為外面場所，記得登
出並清除資料」、「增加安全認證的安全鎖，減
少被盜的風險」、「別任意下載來路不明的程式
和檔案」、「通訊軟體傳送訊息，注意個資的洩
漏」、「切勿將隱私的照片傳送至個人社羣網站
，以免有心人士破解」和「儘量不要在社羣網
站公開自己的電話號碼與個人 ID」等）等，甚
具實用性且能列出參考文獻供他人檢證。可見
他們對於科技倫理在保護個資方面已有相當的
體驗，往後當更知所應用於職場及與他人的互
動中，而課堂學習則成了他們知能啟蒙的最大
源頭。

　　又如第三組探討「性別倫理：以婚姻平權
議題為例」。將西方人所主張的正義原則為座標
，判定凡是選擇正義原則的人應該超越他們自

己特殊的身分與條件，依不偏不倚公正無私的立場考量相關的問題；所以在理論依道德作權衡，就是指不去理睬社會的種種條件、私人利益與觀點。依此進一步認為相較於以男性為研究基礎倫理，關懷對象就得增加女性特有細膩思維與設身處地觀念，並擴及社會上需要特別關心的弱勢族羣、特殊身分者，以致同性婚姻平權是可以執行的。這縱使所見還不盡通達（畢竟同性婚姻所牽涉的不只是公平正義，它還得考量家庭倫理、權力分配和文化習慣等，經緯萬端，難以條理），但已能從課堂所學延伸出去運用，也算難得。

又如第四組探討「婚姻倫理：從《一把青》看空軍交接傳統」。《一把青》影片的時代背景在國共內戰時期，那個年代「掉飛行員」是常有的事，於是空軍有一個不成文的「交接傳統」，將眷屬託付給自己最信任的戰友或學弟。研究者以為被託付的責任，比想像中的承擔更增添許多開不了口的尷尬與寂寞。它是男人心中忠孝情義不能兩全的掙扎，也是女人擺脫不了

自己像個物品被新舊交接的疙瘩。此影片可討論的地方甚多，研究者只擇較淺層的男女心理易動來討論，遺珠缺憾難免。不過，研究者仍知呼應課堂所學，拈出婚姻倫理一題，仍不乏見地。

又如第五組探討「企業倫理」。廣就勞資倫理、客戶倫理、競爭倫理、股東倫理、社會責任和政商倫理等層面切入討論，略無遺漏；且還舉近期國內發生的頂新黑心油事件、聯合航空事件和華航罷工事件等為印證對象，相當善用所學，難可挑剔。

細審各組研究成果，可以看出都已試圖在重建倫理規範，整體關懷也頗為多元化（盡符楊教授的創意與特殊規畫）。這顯示楊教授引導得法，始能有此表現。因此，「**名為公器無多取，利是身災合少求**」（唐白居易詩）也就無妨藉為譬況局部，以見證這一趟應驗旅程的倫理軸心不移。

六、從而轉成新的倫理社會化

倫理社會化是《易繫辭傳》所說「唯變所適」問題，乃人心所同；而社會倫理化則是「唯適所變」，屬積極性的引領風尚，為高華者所擅長。但此社會倫理化一旦著成典則，則又會形成另一種新的倫理社會化，人類文明再次越級前進。

綜觀楊教授開設此課程，尚懸有一永續經營的策略，以配合思辨、反思的建構式教學法，讓學生達成自我理解與價值觀的建立為目標，這就是相契於上述推動文化進展的教學情境，假以時日，當有令人刮目相看的成果。於是想舉為譬況的如「東邊日出西邊雨，道是無情還有情」（唐劉禹錫詩），自然就毋須密而不宣了。

附錄：作者著作一覽表

一、論著

1. 《詩話摘句批評研究》，臺北：文史哲，1993。
2. 《秩序的探索——當代文學論述的省察》，臺北：東大，1994。
3. 《文學圖繪》，臺北：東大，1996。
4. 《臺灣當代文學理論》，臺北：揚智，1996。
5. 《佛學新視野》，臺北：東大，1997。
6. 《臺灣文學與「臺灣文學」》，臺北：生智，1997。
7. 《語言文化學》，臺北：生智，1997。
8. 《兒童文學新論》，臺北：生智，1998。
9. 《新時代的宗教》，臺北：揚智，1999。
10. 《佛教與文學的系譜》，臺北：里仁，1999。
11. 《思維與寫作》，臺北：五南，1999。
12. 《中國符號學》，臺北：揚智，2000。
13. 《文苑馳走》，臺北：文史哲，2000。
14. 《作文指導》，臺北：五南，2001。

15.《後宗教學》，臺北：五南，2001。

16.《故事學》，臺北：五南，2002。

17.《死亡學》，臺北：五南，2002。

18.《閱讀社會學》，臺北：揚智，2003。

19.《文學理論》，臺北：五南，2004。

20.《語文研究法》，臺北：洪葉，2004。

21.《創造性寫作教學》，臺北：萬卷樓，2004。

22.《後佛學》，臺北：里仁，2004。

23.《後臺灣文學》，臺北：秀威，2004。

24.《身體權力學》，臺北：弘智，2005。

25.《靈異學》，臺北：洪葉，2006。

26.《語用符號學》，臺北：唐山，2006。

27.《紅樓搖夢》，臺北：里仁，2007。

28.《語文教學方法》，臺北：里仁，2007。

29.《走訪哲學後花園》，臺北：三民，2007。

30.《佛教的文化事業——佛光山個案探討》，臺北：秀威，2007。

31.《轉傳統為開新——另眼看待漢文化》

，臺北：秀威，2008。

32.《從通識教育到語文教育》，臺北：秀威，2008。

33.《文學詮釋學》，臺北：里仁，2009。

34.《反全球化的新語境》，臺北：秀威，2010。

35.《文學概論》，新北：揚智，2011。

36.《語文符號學》，上海：東方，2011。

37.《生態災難與靈療》，臺北：五南，2011。

38.《華語文教學方法論》，臺北：新學林，2011。

39.《文化治療》，臺北：五南，2012。

40.《華語文文化教學》，新北：揚智，2012。

41.《文學經理學》，臺北：五南，2016。

42.《文學動起來——一個應時文創的新藍圖》，臺北：秀威，2017。

43.《解脫的智慧》，臺北：華志，2017。

44.《走出新詩銅像國》，臺北：華志，2019

。

45.《與君子有約：在全球化風險中找出路
》，臺北：華志，2020。

46.《靈異語言知多少》，臺北：華志，2020
。

47.《新說紅樓夢》，臺北：華志，2020。

48.《《莊子》一次看透》，臺北：華志，2020
。

49.《君子學：後全球化時代的希望工程》
，臺北：華志，2021。

50.《寫作新解方》，臺北：華志，2021。

51.《《周易》一次解密》，臺北：華志，2021
。

52.《諸子臺北學》，臺北：華志，2022。

二、詩集

1.《燕情》，臺北：詩之華，1998。

2.《七行詩》，臺北：文史哲，2001。

3.《未來世界》，臺北：文史哲，2002。

4.《我沒有話要說──給成人看的童詩》，

臺北：秀威，2007。

5.《又有詩》，臺北：秀威，2007。

6.《又見東北季風》，臺北：秀威，2007。

7.《剪出一段旅程》，臺北：秀威，2008。

8.《新福爾摩沙組詩》，臺北：秀威，2009
。

9.《銀色小調》，臺北：秀威，2010。

10.《飛越抒情帶》，臺北：秀威，2011。

11.《游牧路線——東海岸愛戀赤字的旅行
》，臺北：秀威，2012。

12.《意象跟你去遨遊》，臺北：秀威，2012
。

13.《流動偵測站——列車上的吟詩旅人》
，臺北：秀威，2016。

14.《詩後三千年》，臺北：秀威，2017。

15.《重組東海岸》，臺北：秀威，2018。

16.《絕句詩變身秀》，臺北：華志，2022。

17.《湖它一把：東海岸最詩的傳奇》，臺北
：華志，2022。

三、散文集

1.《追夜》（附錄小說），臺北：文史哲，1999
。

2.《酷品味：許一個有深度的哲學化人生》
，臺北：華志，2018。

四、小說集

1.《瀰來瀰去──跨域觀念小小說》，臺北
：華志，2019。

2.《叫我們哲學第一班》，臺北：華志，2021
。

五、傳記

1.《走上學術這條不歸路》，新北：生智，
2016。

六、雜文集

1.《微雕人文──歷世與渡化未來的旅程》
，臺北：秀威，2013。

2.《風有話要說：一個東海岸新隱士的札記

》，臺北：華志，2022。

七、編撰

1.《幽夢影導讀》，臺北：金楓，1990。
2.《舌頭上的蓮花與劍——全方位經營大志典：言辭卷》，臺北：大人物，1994。

八、合著

1.《中國文學與美學》（與余崇生、高秋鳳、陳弘治、張素貞、黃瑞枝、楊振良、蔡宗陽、劉明宗、鍾屏蘭等合著），臺北：五南，2000。
2.《臺灣文學》（與林文寶、林素玟、林淑貞、張堂錡、陳信元等合著），臺北：萬卷樓，2001。
3.《閱讀文學經典》（與王萬象、董恕明等合著），臺北：五南，2004。
4.《新詩寫作》（與王萬象、許文獻、簡齊儒、董恕明、須文蔚等合著），臺北：秀威，2009。

國家圖書館出版品預行編目資料

風有話要說：一個東海岸新隱士的札記／周慶華
著．-- 初版．-- 臺北市：華志文化事業有限公司，
2022.10 面；　公分．-
-（冷知識；1）
ISBN 978-626-96055-8-3(平裝)

863.55　　　　　　　　　　　111014926

日華志文化事業有限公司

系列／冷知識01

書名／風有話要說：一個東海岸新隱士的札記

作　　者　周慶華

執　行　編　楊雅婷

封　面　設　計　王志強

文字校對　陳欣欣

企　劃　執　行　康敏才

總　　編　　輯　吳志文

社　　　　長　楊凱翔

出　版　者　華志文化事業有限公司

電子信箱　huachihbook@yahoo.com.tw

地　　　　址　116 台北市文山區興隆路四段九十六巷三弄六號四樓

電　　　　話　0937075060

總　經　銷　商　旭昇圖書有限公司

地　　　　址　235 新北市中和區中山路二段三五二號二樓

電　　　　話　02-22451480

傳　　　　真　02-22451479

郵　政　劃　撥　戶名：旭昇圖書有限公司（帳號：12935041）

出版日期　西元二〇二二年十月初版第一刷

書　　　　號　G701

PRINT IN TAIWAN

華志文化

華志文化